DEDALUS

Eduardo Borsato

DEDALUS

1ª Edição
POD

KBR
Petrópolis
2014

Edição de texto **Noga Sklar**
Editoração **KBR**
Capa **KBR s/ Leonardo da Vinci, "Ceifadeira e tanque", desenho, 1487**

ISBN 978-85-8180-215-2

KBR Editora Digital Ltda.
www.kbrdigital.com.br
www.facebook.com/kbrdigital
atendimento@kbrdigital.com.br
55|24|2222.3491

FIC029000 - Contos

Eduardo Borsato é teatrólogo, contista e novelista. Foi ghost-writer, redator da Rede Globo e adaptador de novelas de televisão para bolso e livro. Por dez anos, editou *house-organs* e jornais de bairro. Autor do best seller *Agnus Dei*, *Dedalus* é seu sétimo livro publicado pela KBR.

Website: http://www.eduardo.borsato.nom.br/
E-mail: borsatoeduardo@gmail.com

Para
Noga Sklar

Sumário

Fantasmas • 13

Missa Negra • 89

Os possuídos • 139

Dedalus • 197

Fantasmas

Opereta bufa em três movimentos

PRIMEIRO MOVIMENTO - *ALLEGRO NON TROPPO*

CAPÍTULO I

IML

Começaram a aparecer depois que o IML foi transferido para a Estrada do Mendanha, perto do conjunto habitacional do PAC. O primeiro foi visto por uma mocinha lourinha, bonitinha, bundudinha, filha mais nova de um torneiro mecânico. Tinha acabado de chegar da balada, eram duas e meia da manhã. Ela abriu a geladeira, pegou o vidro d'água, tomou um gole do gargalo mesmo. Lembrou-se dos amassos do baile, tinha ficado até com a calcinha molhadinha e foi aí que fechou a porta da geladeira, se virou, deu de cara com ele, gritou "ai", caiu dura. Foi encontrada de manhãzinha, quando a mãe se levantou para fazer café para os outros quatorze filhos. A mocinha não dizia coisa com coisa, falava em assombração, zumbis, exus, foi levada para o serviço de psiquiatria do Rocha Faria, não tinha vaga, foi encaminhada para a UPA, pertinho do West Shopping, também não tinha vaga, depois para a UPA da Vila Kennedy que a mandou para o Souza Aguiar, mas a família já não aguentava mais, não a levaram para lugar nenhum, voltaram para casa, só que na porta do apartamento ela gritou "aí não entro mais, me segura, ai meu deus, me segura queu tô tendo um troço" e não entrou mesmo e o pai olhou para os outros quatorze filhos e eles também estavam tremendo de medo e também não quiseram entrar e aí ele pensou "tou fodido, qué que eu faço agora, qué eu faço, meu Deus do céu?"

O segundo apareceu para o pastor Aristovarco de Moura, fundador da primeira igreja evangélica do local, a Pentecostal dos 543 Pastores do Sião. O Criador tinha acabado de lhe dizer "teu ministério e tua vida serão vitoriosos, mas para de me pedir pra te transformar em Marilyn Monroe", quando ele virou a esquina para entrar em seu prédio, e foi aí que... "ui", berrou, e saiu em tremenda disparada, gritando "se afasta de mim, Satanás, se afasta". Era quase meia-noite de uma sexta-feira e ele não apareceu em casa. Só no sábado à noite é que a mulher e as filhas — duas mulatinhas sararás de quinze e dezesseis anos, mirradas, baixinhas, usando aplique capilar cor de manga verde, estilo rainha de Sabá — deram por sua falta, torceram as mãozinhas, "ai, Jesus", começaram a procurá-lo. No IML ele não estava, no distrito também não, e nem na casa de nenhum dos fiéis. "Amor, onde é que você se meteu, será que você sumiu porque ficou desgostoso, descobriu que eu tava dormindo com o locutor da rádio comunitária e depois com todo o elenco do radioteatro, mas foi só um instante de fraqueza, sei que você tem grandeza d'alma pra me perdoar e...", foi aí que populares o localizaram na boca de fumo do Waldemar, no bairro Gardênia Lilás, em

Santíssimo, vestido de Chiquita Bacana e dizendo que
Deus o estava punindo por aquela história da Marilyn
Monroe, mas ele agora se contentava em ser Michael
Jackson, e se isso ainda não satisfizesse ao Senhor ele
não fazia questão alguma de baixar o nível para uma figura nacional qualquer, o finado Clodovil, por exemplo,
seria suficiente para ele, se...

Capítulo II

Na Associação Comercial e Industrial

Tenho a satisfação de comunicar que nosso café com ideias da próxima semana contará com a presença do famoso parapsicólogo Padre Quevedo, que vai discorrer sobre os fenômenos que estão acontecendo em nosso progressista Campo Grande e que já estão chamando a atenção da opinião pública a nível nacional, a ponto de o padre, depois dos ingentes esforços de nossa secretária, Juliana, cuja competência todos os membros da Associação conhecem muito bem, em ligar para a Escola Católica de Parapsicologia em São Paulo, o que tomou dela mais de uma semana, já que a telefonia brasileira está atravessando uma fase caótica, vez que a própria Anatel puniu todas as operadoras e eu farei uma reclamação formal, assim que tiver uma folguinha em minha apertada agenda, o próprio Padre Quevedo, dizia eu, já estava a par do assunto, vez que conhecia até seus menores pormenores, e concordou comigo quanto ao fato de que não se tratava de nenhuma aparição sobrenatural ou demoníaca, pois, e nisso ele também concordou, o demônio não existe, acrescentando-se que as circunstâncias que cercam o caso são bastante precárias, veja-se, por exemplo, a situação da mocinha *de pelo rubio y bundudita*, no dizer dele, recém-chegada de uma balada, e evidentemente fora de si, vítima da "paralaxe de imagens", fenômeno da parapsicologia que se caracteriza pelo abrupto surgimento de visões absurdas, o mesmo fenômeno, aliás, observado no pastor, com a agravante de um novo processo, a "dislexia neuropsíquica progressiva", nele manifestada pelas ideias fixas na grande atriz Marilyn Monroe, no grande cantor Michael Jacson e no grande e inolvidável Clodovil, e aqui preciso abrir um parêntese para esclarecer que os dois fenômenos, tanto a paralaxe de imagens quanto a dislexia neuropsíquica progressiva, são frutos de longos anos de estudos por mim levados a efeito quando de minha estadia na Índia e no Himalaia, junto aos monges tibetanos, e depois aqui em Campo Grande, onde os concluí, ouvindo o ruído das águas plácidas do riacho que atravessa meus modestos sítios, no Carapiá e na Estrada do Corcundinha, ambos, aliás, adquiridos depois de minha aposentadoria, solicitada voluntariamente, dos quadros da Receita Federal, o que não me impediu de continuar com esses profundos estudos, daí minha insatisfação, para não dizer revolta, quando o Padre Quevedo colocou em dúvida sua validade, especificamente nas fixações do pastor em figuras públicas, e depois, mais grave ainda, ao duvidar da crença de que as almas dos corpos encaminhados ao IML, recém instalado nas proximidades daquele conjunto habitacional, poderiam estar se incorporando em seus moradores, já que, além dos dois casos citados, hoje eles sobem para mais de mil e quinhentos, o que por sua vez corresponde ao número de habitantes de todo um bloco de apartamentos e tendem a aumentar, correndo o risco de nosso bairro ver-se tomado completamente por fantasmas, "alto lá", disse Padre Quevedo, "já falei mil *veces* que fantasmas *non eczisten*", mas não se trata de fantasmas, eu respondi, "*non eczisten, esto es brujaria*" e repetiu "*non eczisten seres embrujados, non me can-so de repetir*", mas as almas, aí ele me interrompeu "*ni las almas eczisten* da forma *que usted* imagina", não po-dem então reencarnar, eu perguntei, "*tonterias*, tolices, pregadas por *un vigarista llamado* Alan Kardec", alto lá, padre, sou kardecista, o senhor me respeite, "*non puedo hacerlo, usted quizás debería ser internado num hosspí-cio por creer en tais bromas*", assim já é demais, padre, mesmo que todos em Campo Grande virem fantasmas, zumbis, exus ou seja lá o que for, eu não quero mais que o senhor...

Capítulo III

Jornal *O Amarelinho*, edição de 30/11

Ontem, às 20h00, na Sociedade Antropológica Freire Alemão, na rua Manaí, 56, o Prof. Dr. Josef Asdru Albussarai brindou o seleto público que superlotava o vasto, imponente e confortável salão nobre, proferindo a palestra "Zumbis, estes desconhecidos". Nascido na Mogúncia Central e radicado em Campo Grande há mais de 50 anos, o Prof. Albussarai ostenta invejável currículo: é doutor em História Universal Aplicada e Lógica Integrada; professor emérito em Paleontologia Jurídica e Retórica Ótica, além de lente de Astrologia Astrofísica Medieval na Faculdade de Antuérpia. É também diplomado em cursos ministrados pelo Departamento de Estudos Superiores da Faculdade de Wisconsin, nos Estados Unidos e por faculdades de Quito, no Equador, Mérida, no México e Arequipa, no Peru. Já realizou escavações junto às ruínas de Tel Aviv e no deserto de Mojave, além da Serra do Marapicu. Ganhou prestígio internacional após a publicação, na *Revista Antropológica Ksenia Lyuba*, editada no Turquestão Meridional, da tese relativa ao ressurgimento do continente perdido da Atlântida às margens do Rio Guandu, em Itaguaí. Abaixo, algumas de suas notáveis afirmações:

— o zumbi é o contrário do homem e o homem é o contrário do zumbi;
— os zumbis procedem dos mortos; os mortos estão no além, em forma de alma; quando nasce, o homem recebe uma alma, logo, recebe também um zumbi;
— os zumbis herdarão a terra;
— Lázaro era um zumbi; foi desencantado pelo maior encantador de zumbis de todos os tempos: Jesus Cristo;
— os zumbis locais são híbridos, formam a subespécie *fantaszmum campograndae*, composta geneticamente por fantasmas e zumbis;
— os hábitos dos zumbis são iguais aos do homem, diferem apenas pelas contínuas, permanentes e pertinazes evacuações noturnas.

Em seguida, o Prof. Albussarai deu a conhecer ao ilustre público os Mandamentos dos Zumbis:

— Jamais comer margarina.
— Ao primeiro sinal de dor, tomar Doril.
— Jamais usar Corega.
— Recusar-se a usar fraldão, mesmo em idade avançada.
— O combustível de um zumbi é o desafio, igualzinho à Petrobrás.
— Recusar-se a usar ketchup na galinha ao molho pardo.
— Em hipótese alguma, comer bacalhau com

chuchu.
— Zumbi *is beautiful.*

A palestra foi encerrada com o prof. cantando o
Hino dos Zumbis.

Zumbis suburbanos,
de Campo Grande a Bangu,
adeus salada insossa,
adeus sopa de repolho, adeus angu.
Bem unidos, comeremos
só guisado de peru.

A dor do amor baldado,
do desprezo disfarçado,
do risinho escarninho,
miúdo, de passarinho,
será por nós recusada.
Das procelas o mar gelado
nunca mais em nossa cara
por mãos rudes, malfazejas,
será de novo borrifado.

Pois, unidos,
zumbis suburbanos,
de mãos dadas,
seremos donos de nosso destino,
de nossa vida soberanos (bis).

Pesadelos não mais teremos.
Sonhos coloridos teceremos.
E neles viveremos.

Azuis, vermelhos, amarelos.
Cuscuz, chocolate, caramelos.

De tudo isso,
zumbis suburbanos,
unidos, seremos donos.
De mãos dadas,
de nossas vidas
eternos soberanos (bis).

Capítulo IV

Informe Secreto do XX Congresso do GCFC

Pronunciado em sessão fechada do Grande Colegiado dos Fantasmas Campo-grandenses, no dia 25 de fevereiro, presentes as Delegações de Cosmos, Inhoaíba, Senador Vasconcelos e Santíssimo, além dos respectivos subdelegados. Local: salão nobre do Onze Unidos Futebol Clube. O Secretário-Geral entra. Todos se erguem. Voltam-se para a bandeira do Colegiado. Punhos cerrados, erguidos, recitam, no maior entusiasmo, as seguintes palavras de ordem:

— A verdade não existe.
— É preciso destruir para construir.
— Deus está morto.
— A violência é sagrada.
— Paz e amor, bicho.

Agitam-se, abraçam-se, congratulam-se. O Secretário faz um gesto, aquietam-se, silenciam, sentam-se. O

Secretário pigarreia, pisca, encara-os:

— Camaradas, cabe-nos, a nós, que pertencemos ao Grande Colegiado, denunciar um grave desvio ideológico ocorrido desde o interior de nosso movimento (*agitação na sala*). Divergências de orientação sempre existiram, e sempre foram ouvidas e discutidas na Plenária. Ampla e democraticamente. Zacarias, subdelegado de Santíssimo, aqui presente, pode bem atestar esta nossa afirmação. Ele nos trouxe a questão colocada por um fantasma do cemitério do Lameirão Pequeno, que desejava saber se podia assombrar um médium, presidente da Associação Comercial de Campo Grande, que incorporava o espírito de Chico Xavier. A Plenária decidiu que não. Chico Xavier já era assombração suficiente (*movimento, risos na sala*).

A dissidência

Ficou estabelecido, por voto unânime dos Delegados, no XIX Congresso, que as tradicionais e clássicas divisões fantasmais seriam mantidas: fantasmas, exus e zumbis. Qualquer reivindicação em contrário deveria ser apresentada e discutida pela Plenária, sob pena de ser considerada grave desvio ideológico. Também ficou estabelecida a respectiva jurisdição para cada categoria: aos fantasmas, coube o Cemitério de Campo Grande e os moradores circunvizinhos; aos exus, o cemitério Jardim das Palmeiras, em Inhoaíba; e aos zumbis o Cemitério de Piabas, na Estrada do Pontal, com as respectivas áreas de moradores circunvizinhas para ambos. Para perfeito funcionamento das atividades fantasmáticas, suas áreas geográficas deveriam ser rigorosamente respeitadas. Além disso, os seguintes preceitos deveriam ser obedecidos:

— Não assombrar irmãs siamesas, sobretudo durante a gravidez.

— Não assombrar gêmeos univitelinos de olhos azuis.

— Em hipótese alguma assombrar anões albinos que atendam pelo nome de Raimundo.

— Não assombrar pastores evangélicos.

— Não assombrar jovens louras, bonitinhas e bundudinhas, frequentadoras de baladas e bailes de funk pancadão.

O caso Albussarai

Vale a pena destacar que durante o processo da violenta e gloriosa luta contra as forças reacionárias coligadas jamais nos distanciamos dos ensinamentos de Lenitovsky (*longos aplausos*), e jamais houve qualquer desvio ideológico. Porém, agora, quando nosso movimento se acha consolidado, quando se calaram as vozes antagônicas, quando não há mais qualquer ameaça externa, desde dentro ocorreu o chamado Caso Albussarai. Por que ocorreu, quais as circunstâncias que favoreceram seu desenvolvimento? São as graves questões que cabe à Plenária analisar. Também cabe à Plenária analisar outro fato, esse talvez ainda mais grave. Para ele, peço a atenção especial dos delegados. Camaradas, preparem-se para algo estarrecedor (*silêncio angustiante*).

Culto à personalidade

Camaradas, há traidores entre nós (*enorme agitação na sala*). Há traidores entre os delegados *(agitação maior ainda)*. São eles os responsáveis pelo culto à personalidade do Prof. Albussarai, por sua transformação num super-homem, dotado de características semelhantes às de um deus. Mas Albussarai é o responsável pela maior dissidência jamais ocorrida em nosso movimento *(num crescendo, empolgado)*, Albussarai infringiu nossos preceitos, assombrou jovens lourinhas, bonitinhas e bundudinhas, recém-chegadas de bailes funk pancadão. Albussarai assombrou pastores evangélicos. Albussarai rompeu nossa estabilidade geográfica. Albussarai invadiu o Conjunto do PAC, fora de sua jurisdição. Albussarai criou mandamentos e um hino próprio para os zumbis. Albussarai cuspiu na memória e nos princípios do grande Lenitovsky. Albussarai é uma ameaça, Albussarai é nosso inimigo público número um. Albussarai tem que ser detido. Albussarai tem que ser punido (*gritos, comoção*). E quem o apoia, quem compartilha os mesmos sentimentos, traz para nós o mesmo mal, a mesma inquietação, a mesma desarmonia. Mais ainda porque age nas sombras, de maneira torpe, vil, covarde. O que merecem esses traidores? Acaso esperam permanecer ocultos, maquinando, eternamente impunes? Pretendem criar nova contrarrevolução? (*A agitação aumenta, gritos de "Quem são eles? Quem são?"*) Camaradas, eis os nomes: Osíris Velloso, Delegado de Cosmos; Maurício Wotrinovich, Delegado de Inhoaíba; Dalberto Gomes, Delegado de Senador Vasconcelos (*Revolta, berros. Avançam sobre os denunciados, começam a espancá-los. Outros pedem calma, clamam por ordem, o tumulto se agiganta. O Secretário se senta, relaxado, nos lábios um disfarçado, mas legítimo sorriso da mais funda satisfação).*

Capítulo V

Espíritos do mal

Reunião entre o Prof. Albussarai e o Secretário-Geral. Local indefinido. Não há hostilidade entre eles. Pelo contrário, são afáveis, amáveis, dois abutres acanalhados a se pinicar. Cumprimentam-se quase à moscovita, um beijo estalado em cada bochecha. O prof. se congratula com o Secretário pelo sucesso da reunião, o Secretário se congratula com o prof. pela sublevação dos zumbis. O Secretário olha para o teto, o prof. olha para o chão. À frente deles, comprida mesa. Sentam-se, um diante do outro. Títeres, sentem, eufóricos, a história a correr através deles, a aquecer-lhes as veias, oh, ah, ter o destino às mãos, o dulcíssimo deleite do poder, o absoluto poder de...

Vulturinos secretários estendem papeis diante deles. É o Pacto. De Não Agressão. Secreto. Assinam, alegres, quase eufóricos. Erguem-se. Novos cumprimentos, de novo beijos estalados. Em seguida, alçam-se aos ares, vaporosos, esvoaçam por sobre o campo grande, pousam no calçadão, o Secretário a esfregar as mãos, de pura satisfação.

— Ah! Sinto-me disposto. Como me sinto.

— A quê?

— Então não vê?

— Bem... bom...

— A sacrificar-me.

— Por quem?

— Por todos.

— Ah!

— Tenho a alma de criança. Pura. Cândida. Lavada.

Dá um sorriso catita o Secretário. Passa o braço direito por sob o braço esquerdo do prof., puxa-o contra si, e assim põem-se a descer o calçadão, a flanar, fagueiros, flutuantes. Em frente às Casas Bahia, topam com uma bandinha. Os músicos tocam, furiosos, antigas marchinhas de carnaval. Mais: uma mulata de biquíni cavadão e sandália plataforma rebola-se mais furiosamente ainda para uma plateia que se embasbaca. Enrubesce o bom do prof., saca o braço de sob o braço do Secretário. Lança desvairadas diatribes à mulata, para gáudio do Secretário, que se ri e se ri:

— Não podem nos ouvir, homem!

— Hein?!

— Não nos ouvem. Não nos veem. Somos fantasmas, lembra-se?

Ensimesma-se o prof., logo, porém, explode numa gargalhada. Estrepitosa. Envolvente.

Correm os olhos em torno, pelo resto do povo que por eles passa, aos magotes. Cresce o Campo Grande. Ah, como! Para onde irá?

Ora, quem sabe? Por esse mundo afora,
Onde a sorte o levar, benfazeja ou mofina.

Pode ser que vá ter à China.
Mas pode ser também
Que vá parar em Braz de Pina.

Sem mais aquela, os versinhos vieram à mente do Secretário. Eles e as figurinhas de cera de sua meninice. Todinhas. Duma vez. Com certeza, porque tinham à frente o Colégio Monteiro Lobato.

— Rechonchudas, elas, não?

E o prof. espeta-lhe o dedo ao ombro, com a ponta do queixo apontada para um bando de moçoilas. Rechonchudinhas, sim. Mas as outras, aquelas alminhas do colégio que ele cursara. Tantos anos empós, quantas teriam se ido? Como ele. Ai, de maneira tão chinfrim. Quem acreditaria? Uma queda do bonde do Rio da Prata. Virou-se para o prof. Como teria sido com ele? Seu aspecto era supimpa. Belo tipo de zumbi. Nariz reto, bochechas firmes, sadias, dentes finíssimos. Apenas o rosto cansado, as rugas a se pronunciar, ausentes somente quando se abria o grande sorriso.

Zenóbia, esse o nome dela. Bonitinha, dentucinha, roliça. Nos dias de festividade na escola, lá se ia, menininha, saia godê, *demoiselle* era, subia ao palanque montado no meio do pátio. A voz lhe saía polida, um encanto. Encanto maior ainda nos versos, escandidos, a linguinha batendo no céu da boca.

Minha terra tem palmeiras,
Onde canta o sabiá-á-á.
As aves, que aqui gorjeiam,
Não gorjeiam como lá-á-á.
Não permita Deus que eu morra,
Sem que eu volte para lá-á-á.

Sem que eu desfrute os primores
Que não encontro por cá-á-á.

Olhou para o prof. Como teria sido sua meninice? E de novo veio-lhe a indagação: como se teria
consumado seu passamento? Por largo tempo, cismado,
quedou-se a encará-lo. Enfim, num dar de ombros, voltou-lhe o rosto.
Pouco se lhe dava. Que sentido entregar-se a tais friolei-
ras? Justo agora. Afinal, pão, pão, queijo, queijo. Acordo
selado, destino traçado. O prof. e todos os zumbis seriam por ele exterminados.

Um peralvilho, o Secretário. Na mais estrita
acepção. Trajar calças brancas bufantes, portar luvas,
usar *lorgnon*, apertar-se numa sobrecasaca de astracã
verde-musgo. Em dia de calor africano! Em pleno calçadão. Parvoíce. Completa. E inconveniência também,
desfilar comigo de braço travado, tendo-me em cons-
trangimento. Invisíveis estávamos. Mas ainda que não
fôssemos visíveis, onde a razão para tamanha intimidade? Incomoda-me que me toque. É capricho, privilégio
que reservo aos íntimos. Com severas restrições. Jamais
o torso, a fronte, o cocuruto. Assim também o braço esquerdo e a mão direita. Pois era justamente esse o braço
que ele...
E julgar que me dava a diatribes à mulata por seus
requebros e por sua tão escassa vestimenta é no mínimo
dilatada absurdez. Ora, ora, que não me desagradam as
mulatas, muito menos seus requebros. Vezes sem conta
assombrei-as só para vê-las nesses esgares, contorções,
salazes tremeliques. O que me tomava naquele momento era um grito de espanto e júbilo, espanto e júbilo por,

de inopino dar-me conta de me encontrar, confundido com a entrada das Casas Bahia, diante do Sagrado Portal. Do Portal que, no dia do Armagedon, se abrirá para dar passagem aos cento e quarenta mil justos. Em pleno Campo Grande. E sobre antigo cemitério. Sim, pisávamos os restos de antigo campo santo, recoberto embora por desalinhavadas e vulgares pedras portuguesas, mal ataviadas no que se propunha ser o símbolo de nosso glorioso subúrbio: um gracioso, vigoroso galo garnisé, surpreendido em pleno cocoricó.

Verdade, desse cemitério jamais existiu qualquer vestígio, por minimamente palpável que fosse. Mas isto se deve ao fato de que os habitantes d'antanho davam-se ao ato de queimar seus defuntos. Ora, restariam as cinzas. Nem elas, nem elas. Pois grassava por aquele povo o hábito, aliás saudabilíssimo, de suas crianças comerem as ditas cinzas de mistura com mingau de aveia e banana. O que se enterrava então? Bonecos do morto, ex-votos, pertences, coisas caras para ele neste mundo e que com certeza também o agradariam alhures, fosse qual fosse seu destino. Mas de tais estrovengas tampouco qualquer vestígio se houve.

Enfim, os dois fatos, o achamento do portal e o flanarmos sobre mortos eram suficientes para encher-me de sensações assaz diversas das supostas pelo Secretário, e das inconveniências de suas insolentes indagações. Imagine, desejar inteirar-se da forma pela qual se deu minha passagem! Posso garantir que não de maneira tão trivial quanto uma queda de bonde. Do Rio da Prata, ainda por cima, local, soi-disant, tão blasé.

Trouxeram-me tais indagações, contudo, estranha, inesperada nostalgia. Vi-me, num átimo, nas planícies da Mogúncia Oriental, a esperá-la, à minha adorada princesa Fenegunda. Tinha ela pouco mais de treze anos, a tez corada, dourada pelo sol do deserto, olhos de azeviche, sorriso de Madona depois da depilação. Tínhamos nos conhecido na corte do Vizir Timerlão XIII. Contava ele exatos oitenta e três anos, e ela era sua trigésima quinta esposa. Custara-lhe cinco mil camelos negros cingapurenses. Foi durante um jantar. Era eu embaixador plenipotenciário da província de Ulaan Baatur, na Mongólia Interior, e, nessa qualidade, um dos convivas. Deliciava-me com finos figos fenícios, misturados a manjares de raios de luar, gelados à neve do mediastino dos condenados à morte por congelamento. Além de mim, quinze outros convivas. Acostávamo-nos em odorosos coxins chineses cor de camelo pedrês.

Fazia dezessete horas já que degustávamos. E apreciávamos a prosa do vizir. Sua voz era encantada, assim como encantado era o canto do velho monge brâmane, canto melismático, profundo qual o cantar de mil sereias de água doce, das que apascentaram o Buda menino, quando, nas águas do igarapé aos pés do Himalaia, foi ele mergulhado. De fora, subiam os sons da noite no deserto: o arroto dos camelos, o zinzar dos gafanhotos. E em nós um amolecimento, dulcíssimo torpor.

Foi quando, do outro lado da imensa mesa de mogno, senti o olhar de fogo dela, que me dizia "não cochila, meu amor, não cochila, me ouve, fique sabendo que guardo para ti uma flor, a flor rubra da minha virgindade, amanhã de noite, depois do último chamado do muezim, vou fugir do harém, já tenho tudo combinado com o eunuco-chefe, aí a gente se encontra no deserto ao sul-sudeste do castelo, leva um tapete de seda azul-ciano-carmim pra gente se proteger da areia, não esquece, a areia pode ser muito incômoda em certos momentos, sabe como é, mas eu não quero pensar nisso agora, só quero pensar que vou te dar muito amor, muito, muito amor, muito, ai, ai..." e aí eu fui e esperei por ela e ela apareceu exatamente às vinte e três horas, quarenta e sete minutos e trinta e quatro segundos, vestia uma túnica magenta-carmesim e um capuz preto e estava nuinha por baixo, e foi logo tirando os panos e aí a gente começou a se esfregar e ficamos naquele bem-bom um tempão e aí ela se deitou e me olhou com um olhar tão pidão que eu me perdi, mas na hora do vamos ver senti um bafo na nuca, me voltei, dei de cara com o eunuco--chefe que era um baita dum negão só de sunguinha e trazia nas mãos um enorme machado, desses que a gente vê em filme de Hollywood, com uma lâmina em meia lua na ponta, feito de propósito para cortar cabeças e aí a princesinha se levantou, nuinha, nuinha e começou a rir e aí eu compreendi que tinha entrado numa furada, tinha caído num tremendo conto do vigário, tinha sido o maior otário, ela não queria me dar, queria era levar minha cabeça de presente pro vizir pra mostrar como gostava daquele velho xexelento e como era fiel a ele, e o negão também se riu e se riu e de um golpe só cortou o meu gogó e minha cabeça começou a rolar na areia, mas ela correu e enrolou ela no tapete azul-ciano-carmim e foi assim que se deu o meu...

Minha cabeça foi espetada à ponta de rombuda lança, e levada, funéreo troféu, para a sala do castelo na qual o Vizir se comprazia em acumular tão lúgubres regalos, comprobatórios da fidelidade de suas esposas. Foi etiquetada, ganhando, pregada à testa, o número 333, carimbado em ambas as bochechas com o brasão do vizir — pégaso com as patas traseiras apoiadas no dorso de um leão, e a divisa *Cur nom untrunque* esculpida em alto relevo, abaixo da pata esquerda da furibunda fera — e exposta à visitação pública, para escárnio e advertência aos nacionais e estrangeiros em geral. Ficou lá, estrepada, à chuva e ao sol. Quando a carne putrefata se desfez, restou dela tenebrosa caveira, com os dentes à mostra, em patético sorriso de puro escárnio à mundana lide, às mundanas paixões.

Revelar tais fatos, que, para os mais maliciosos pode significar-me grande opróbio, coloca-me em pé de igualdade com o Secretário, assim capacitando-me a afirmar, do mesmo modo que ele: afinal, pão, pão, queijo, queijo. Acordo selado, destino traçado. Ele, o Secretário, e todos os fantasmas serão por mim exterminados.

SEGUNDO MOVIMENTO - *MOLTO VIVACE*

CAPÍTULO VI

ALTAMIRO

Altamiro não era o que se poderia chamar de sujeito pintoso, nem simpático. Muito pelo contrário. Seu rosto assemelhava-se ao traseiro de um gambá empalhado. As faces, bexiguentas, ásperas, eram, ao redor da boca, vincadas por fundo bigode chinês, o que lhe engessava as feições, emprestava-lhe o imutável ar de metediço, indesejado maganão. O corpo, por sua vez, não exercia a atração fatal de um Quasimodo, mas também não chegava sequer aos pés de um Schwarzenegger. A bem da verdade, estava mais para um mirrado Leonardo diCaprio do piscinão de Ramos.

No entanto, paradoxalmente, e embora sem conhecer as insondáveis razões para ter merecido semelhante aspecto, Altamiro, aos trinta anos, era a imagem cuspida e escarrada da mais santa resignação. Isso, porque encontrara um lenitivo, um consolo para seu penar, e esse lenitivo se chamava política. Dentro da política, o marxismo, via nele uma alternativa, poderosa válvula de escape. Falando em linguagem dialética: se tudo estava em permanente transformação, o belo de hoje seria o feio de amanhã e o feio de amanhã seria o belo de hoje. Logo, se ele era feio hoje... No futuro, portanto, estava sua redenção. Assim, era necessário transformar-se agora num inconformado, num revolucionário, para fazer jus a tão glorioso, bem-aventurado porvir. Convencido, aplicou-se àquilo com a sofreguidão de um jumento na manjedoura. Se, num primeiro momento, maravilhado com o mundo novo que se lhe abria, tivera a veleidade de comparar-se fisicamente a seus heróis (via-se, por exemplo, a levar ampla vantagem sobre Lenin, com sua horripilante calva, barbicha em ponta, aspecto meão — e aqui é preciso esclarecer que evitava escrupulosamente qualquer comparação com Stalin, defunto incômodo, comprometedor como o diabo — e sobre a cara gorducha, de coruja indormida, barba insossa e cabelo ralo, em chuca-chuca, de João Paulo Stedile), via agora tais comparações como desvios ideológicos da juventude, tão importantes quanto um arroto da múmia de Lenin no Kremlin.

É que, ao longo de todos aqueles anos, amadurecera como revolucionário. E já lá se ia um tempão, bem mais de vinte anos, desde seu primeiro encontro com Josepo, na célula do Comitê, no Rio da Prata. Tinha sido levado por seu pai, imigrante italiano, modesto entregador de carvão pelas ruas de Campo Grande, que percorria em velha bicicleta. Aliás, fora por influência do próprio Josepo, primo do herdeiro de várias carvoarias no Rio da Prata, que o pai conseguira aquele emprego.

"Além do pai e de Josepo, no Comitê só tinha mais três companheiros, todos entregadores de carvão como a gente. Eles se reuniam toda noitinha, vinham direto do trabalho, nem se lavavam. Mas tinham no rosto um sorriso tão grande, de tanta esperança que..." Depois de um ano de Rio da Prata, Filipo — assim se chamava o pai — se amigou com uma empregadinha doméstica de nome Alzira. E ela logo engravidou. "Mas eu não queria, não. Ele não tinha onde cair morto, eu também não. Então por que botar no mundo? Falei isso pra ele. Acontece que ele ficou danado comigo. Queria porque queria. Um filho era um jeito de ele ter um consolo nesta terra, ele vivendo uma vida tão miserável. Mas eu achei desaforo, se era consolo pra ele, que que ia ser pra mim, cumé que eu ia criar uma criança, se eu ainda era também uma criança? E as coisas, o doutor, o parto, o bercinho, as roupinhas, cumé que a gente ia fazer, cumé que a gente ia pagar, se a gente não ganhava quase nada e ainda por cima morava naquele quartinho apertado e sujo nos fundos da carvoaria?"

União Operária Comunista do Rio da Prata (UOCRP)

Comitê Democrático Popular Santiago Carrilho Informe nº 54

Na data de hoje, cinco de outubro, o camarada Filipo trouxe seu filho para se registrar em nosso Comitê. A ficha de registro tomou o número seis, em nome de Altamiro Verdelli Filho. A doutrinação desse novo quadro ficou a cargo dos companheiros Waldemiro Baptista e Josué dos Santos Neves. Foi com genuíno júbilo marxista que recebemos o novo quadro. Ele mereceu de todos nós uma recepção fraterna, revolucionária e comunista! Constituiu-se em mais uma valiosa contribuição para nossa luta contra o capital e os capitalistas do Rio da Prata, do Brasil, das Américas e do mundo. A história não morreu. Por isso, nós, da UO-CRP, compreendemos nossa luta como um processo central no sentido da superação do conflito entre capital e trabalho, em favor da classe trabalhadora e dos setores oprimidos a nível mundial. Não aceitaremos a implantação de qualquer modelo perverso para os trabalhadores e para os povos. Estaremos sempre vigilantes, baseados no referencial teórico de Marx, Engels, Lenin e outros pensadores revolucionários. Jamais afastaremos de nós a convicção de que, enquanto partido, estamos voltados, e somos necessários à tarefa histórica que é a construção da Revolução, rumo ao Socialismo.

A força é parteira de toda sociedade grávida de uma nova sociedade!

Enquanto morar for um privilégio, ocupar é um direito!

Uma última palavra sobre o novo quadro. É conveniente que lhe sejam delegadas tarefas exclusivamente internas. Jamais deve aparecer em público como representante ou executante de qualquer atividade em nome do Comitê. Tal recomendação deve ser seguida à risca, já que a aparência física do novo quadro é algo esdrúxula, tão levemente assustadora que sua imagem na certa causará espanto nos que o virem, sem prévio preparo para isso. O que parecerá aos mais desavisados um ardil pequeno-burguês do qual estamos lançando mão para causar-lhes morte súbita. É fácil concluir que tal fato em nada favorecerá o desenvolvimento dialético histórico de nosso Comitê, pelo menos no momento atual.

Saudações comunistas
Josepo Beltramini

"Tomei chá de boldo, não adiantou, tomei chá de catuaba, não adiantou, tomei chá de beldroega e também não adiantou, e aí eu não tomei mais chá nenhum e nem podia, porque eles me deram uma baita dor de barriga que me deixou de cama por mais de quinze dias, eu sem poder trabalhar nem nada e morrendo de raiva do Filipo, e a criança cada vez mais crescendo dentro de mim."
"Não me deixa, mãe. Não me deixa. Eu pedia e chorava e implorava, mas ela foi se indo, foi sumindo no meio daquela madrugada tão fria, mas tão fria que até hoje eu sinto na alma."

O primo de Josepo se chamava Nicola Bartolo. Seu pai, também imigrante italiano, fixara-se no Rio da Prata. Quando morreu, aos 80 anos, deixou polpuda fortuna em terras e no que ganhara com o comércio da exploração e fornecimento de carvão. Nicola, filho único, herdou tudo, por isso era detestado por Josepo. Significava para ele uma aberração capitalista, já que recebera de mão beijada, sem qualquer esforço, bens que deviam ser compartilhados por todos. Pior: mantinha seus privilégios à custa da mais-valia, da exploração injusta do trabalho alheio.

Nicola é um sujeito educado, fino. Frequentou os melhores colégios da cidade, fez viagens ao exterior, enfim, nem de longe se assemelha a um suburbano. Mora no Rio da Prata para tocar os negócios, mas, no fundo, despreza aquele lugar e tudo o que o cerca. Conviveu com Josepo quando ainda crianças. Depois que o pai de Josepo morreu, praticamente não o viu mais, a não ser agora, já homens feitos e com interesses opostos. Sabia que Josepo o odiava. Não só de agora, mas ainda quando, pequenos, brincavam na pracinha do Rio da Prata. Era um menino arredio, violento, invejoso de Nicola e de tudo o que ele possuía. Nicola tinha a certeza de que ele se transformara em comunista levado por isso. Duvidava de seu idealismo. Já tinha vivido o suficiente para saber que a inveja também movia montanhas. Mas também temia-o e às suas atividades, com todas aquelas benditas reivindicações sociais, direitos trabalhistas, insatisfações, coisas que já estavam lhe atrapalhando os negócios. Por isso, tentava aproximar-se dele, amaciá-lo, num jogo de mútua hipocrisia, envilecimentos. De quinze em quinze dias trazia-o para jantar em sua casa, fazia propostas que ele jurava de pés juntos atender, mas que solenemente ignorava logo a seguir, até que de novo se encontravam, as propostas eram renovadas, mas novamente nada acontecia.

Só que, aquela noite, Josepo tinha se mostrado surpreendente receptivo, e da forma mais concreta possível. Seguinte: o Comitê dos Trabalhadores tinha proposto pesada ação judicial contra Nicola, negócio cabeludérrimo, relativo à venda de grande área para a construção de um condomínio de luxo, sem pagar quase nada aos antigos ocupantes, colonos, gente que plantava e lavrava aquelas terras há quase uma geração. Os advogados de Nicola prepararam um acordo. Assinado por Josepo, encerraria a questão, com grande vantagem para Nicola. Pois Josepo assinou tudo sem tugir nem mugir. E agora estavam ali, diante um do outro, na mesa restos do jantar, miolos de pão, tomando um cafezinho, dois canalhas a se comprazer com a presença mútua: Nicola, com seu porte nobre, olhos claros, cara de anjinho de sacristia, eterno filhinho de papai; Josepo, baixo, pesado, hirsuto, a barba em ponta, a cara de um Bakunin de terreiro de macumba, e nos lábios, crispados por entre o emaranhado de pelos mal aparados, um meio sorriso que Nicola não conseguiu decifrar. Seria mesmo um sorriso? Ou a vileza de insidiosa esfinge? Na verdade, era o esgar de um assassino, de alguém que dali a pouco o mataria.

Capítulo VII

Antevisão de Anita

Desde o início, fui bem clara com ele:
— Segundas, quartas e sextas...
Pôs-se rubro, completou:
— Você é homem.
— Terças, quintas, sábados e domingos...
E ele:
— Mulher.
Sempre a enrubescer, abaixou os olhos, deixou--os seguir pelo horizonte e, num fundo suspiro, agora a olhar-me o corpo, os seios, num embaraço:
— Mas... mas...
Ri-me de sua atrapalhação, e teria continuado a rir-me, se ele de súbito não me tivesse puxado contra si, apertado, amassado, pespegando-me fogosíssimos beijos pela pescoço, pela boca. De língua, estes. A partir daí, desabrido sátiro, desfez-me aos pedaços a blusa, a saia, a calcinha, jogou-me sobre a estreita mesa de leitura da Altamirocupoteca, em pleno meio-dia de uma ensolarada, calorenta quinta-feira, e, alheio a que pudéssemos ser surpreendidos por qualquer do público, afastou-me

as coxas, procurou-me o recôndito vão e nele, cheio de "ai, que me acabo", "ai que me morro", deixou-se perder. Com ânsia e sofreguidão tamanhas que breve parecia abandonar-lhe a vida.

Dias depois, em noitinha de uma sexta-feira, já agora em seu apartamento no conjunto do PAC, com comovente candidez confessou-me ter sido aquela sua primeira vez com mulher.

— Assim como hoje — sussurrou-me aos ouvidos, a voz trêmula, pondo-se rubro como da vez anterior.

Tornei, o ar sonso:

— O que é que tem?

— Também é a primeira.

E eu, o ar mais sonso ainda:

— Hein?

Ele balbuciou:

— Com um... com um...

Eu:

— Homem?

Tomou-me as mãos, pôs-se ar tão casto que... Senti-me abrasar. Então, afogueado como jamais estivera, avancei sobre ele, joguei-o sobre o leito, aos repelões pus-lhe em frangalhos as roupas, tornei-o de costas, procurei-lhe o mais recôndito do magro corpo, nele deixei-me perder, aos suspiros cada vez mais prenhes de gozo, até que de mim de todo as forças se esvaíram no êxtase tão fundo que lhe dava e que a mim tomava a tal ponto que pensei ali mesmo morrer.

Capítulo VIII

Via crucis

Apartamento de Altamiro. Sala, à meia luz. Tudo deve parecer triste, pesado, quase fúnebre. São onze da noite. O lugar é modesto. Um sofá, duas poltronas, móveis típicos de classe média. Diante do sofá, uma televisão desligada. As paredes são nuas, sem qualquer adorno, pintadas em pesado tom pastel. Ouvem-se os ruídos dos apartamentos vizinhos, vozes, um choro de criança, programas de televisão. Altamiro está jogado numa das poltronas. O cabelo, ou o que resta dele, emaranhado, o rosto contraído. Veste-se modestamente: calça jeans, camisa de malha branca, sandálias. Anita não aparece há mais de uma semana. Ele se debate entre a quase certeza de que ela o deixou e o sofrimento de não ser capaz de se convencer disso.

Flashback
Cena única - Altamiro e Anita se conhecem.

Local: ocupação Josepo Beltramini. Dia da inauguração da biblioteca, que ganhou o nome de Altamiro-cupoteca. Não passa de um barracão, com três ou quatro mesinhas toscas, cadeiras, nos fundos uma estante. Livros, poucos, arrumados nela. Outros, também poucos, distribuídos sobre as mesas.

Chama a atenção, na parede dos fundos, um grande pôster de Jorge Amado, outro de Pablo Neruda. Jorge Amado, baixinho, bigodeira à Stalin, apara a bochecha direita com a palma da mão em meia concha, olhos perdidos, pose de pata choca; Neruda, de boina, pescoçudo, ar de peru defumado.

No meio do local, um pequeno estrado, sobre ele longa mesa, cadeiras. Na do centro, Altamiro; nas outras, convidados — o líder comunitário local, dois operários da construção civil, uma professora pública. À frente deles, os moradores, não mais que uma dúzia. E, dentre eles, Anita. Nas caixas de som, música caipira, fundo musical de novelas, sucessos populares.

O líder comunitário faz as vezes de mestre de cerimônias. Pede silêncio. Os da mesa se levantam, o público se imobiliza, nas caixas de som entra a "Internacional". Alguns balbuciam a letra, a maioria permanece calada. A música termina, o líder comunitário anuncia a inauguração, passa o microfone a Altamiro. Ele não desgruda os olhos de Anita. Está bem à sua frente. É um mulherão, cabelos louros revoltos, vestidinho leve, de fustão, nele as coxas desenhadas, o busto, a linha firme dos quadris. Ele emudece, ela o intimida, ele não sabe se se ata a rir ou se desata a chorar. De puro nervoso. Ela sorri-lhe, encoraja-o, a língua se lhe solta, ele de súbito inicia longo perorar sobre Josepo, sua gloriosa vida, sua ainda mais gloriosa morte.

O que ele não diz: Josepo não sabia ser Nicola

protegido por uma milícia de Campo Grande. Assim, Nicola morto, iniciou-se furiosa procura pelo assassino. Não demorou, chegaram a Josepo. Que foi torturado, morto, cortado em pedacinhos. Jogados ao longo das ruas do Rio da Prata; esses pedacinhos, disputados a tapa pelos moradores, ficaram conhecidos como "churrasquinho de quiabo". O Comitê foi arrasado, receberam aviso para sumir. Mais que depressa, Waldemiro desapareceu. Josué, que tinha ligações com o MST, levou Altamiro para o interior do Paraná. O pai fugiu para São Paulo. Altamiro nunca mais o viu. Soube apenas de sua morte, três anos depois.

Chovia, na madrugada em que se despediram. Altamiro chorava. Sua alma comunista sangrava, o sonho, seu sonho, era ameaçado, ah, mas ele não permitiria, não deixaria que o capital e sua violência com tudo terminasse, os agentes do imperialismo nacional e internacional não o calariam, jamais, jamais, e foi assim que beijou ambas as encharcadas bochechas do pai, embarcou na carroceria do caminhão, viu Campo Grande, o Rio da Prata se afastar, jurou, do fundo do coração, que voltaria, ah, voltaria e se vingaria.

Filiou-se ao MST, durante quatro anos fez um curso prático/ intensivo/ revolucionário/ nacionalista de ocupação, estudou a fundo os direitos dos quilombolas, voltou para Campo Grande, escolheu uma área atrás do IML, próximo ao Conjunto do PAC, criou um centro comunitário, fez a liderança local, invadiu o terreno, fincou nele a bandeira do MST, retomou o sonho e agora estava ali, diante de Anita, figura que lhe coroaria o doce retorno, e que o...

Procurou-a com os olhos, não a encontrou, tinha sumido, atropelou as últimas palavras, nem ouviu os chochos aplausos, desceu do palanque, buscou-a por todos os cantos, indagou, insistiu, ninguém a tinha visto. Foi nesse estado de espírito que voltou para casa e deu de cara com ela, no meio da sala, esperando por ele. Só que agora estava diferente, morena, olhos verdes faiscantes, calça jeans azul desbotada, tênis branco da Nike, blusinha leve, de seda estampada, umbiguinho ao vento. Teve vontade de perguntar como ela fazia aquilo, como tinha entrado sem a chave, mas sua presença era tão... tão... que ele se perdeu.

Retorno à cena inicial

Cansado de se macerar, e já finalmente convencido de que Anita o deixara mesmo, Altamiro cabeceia, a ponto de quase pegar no sono, quando os espíritos do pai e de Josepo entram, acomodam-se nas poltronas à sua frente. Vêm jururus, cara de Madalena arrependida. Filipo é um tanto mais alegrinho, tem o rosto mais jovial, menos enrugado, os cabelos não de todo brancos, penteados cuidadosamente para trás, como se o além lhe tivesse feito muito bem à disposição, à saúde em geral. Josepo é que dá pena. Borocochô, a cara funda, vincos horrendos na testa, na face, lívido, uma lesma do além.

Faz-se um silêncio incômodo, pesado.

Pensamentos de Altamiro (olhando para o pai): *O que o teria realmente ocupado, durante toda a vida? Simplesmente se deixou levar ou teve consciência de alguma coisa, além do trabalho, do ganha-pão, da bruta aspereza de tudo? Terá visto minha mãe, depois que ela se foi? E agora? Procura-me de cara lavada, cabelos penteadinhos, um anjo de sarongue. Saberá o quê de mim? Ou,*

talvez, de Anita. Ou...
— Fantasma — diz o pai.
— Hein?
— Ela.
— Anita?!
— Filha do Secretário.
— Mas... mas...
O olhar de Filipo fez-se duro. Voltou-se para Josepo, dedo em riste:
— Ele. O culpado.
E Josepo, gemebundo, num fio de voz:
— Eeeuuu???
Altamiro jamais vira o pai tão inquisitivo. O que teria acontecido?
— E você ainda tem a coragem de perguntar? Então não vê?
Altamiro coçou a testa, pensou os cabelos já a rarearem nas frontes, mais ainda no cocuruto, lembrou-se do riso de Anita a brincar que ele "se punha calvo como um ovo".
— Sim, sim. Mil vezes, mil vezes a calva de Lenin que a cabeleira de Stalin... aquele... aquele... — e Filipo põe-se tão furioso que, se já não fosse defunto, quase se poderia pensar que estava prestes a se transformar num.
— Por isso... por isso estou aqui — tornou Josepo, a acomodar-se melhor na poltrona, a voz não mais tão cava, a tomar ares de normalidade.
Altamiro se voltou para ele, mas Josepo, em gesto brusco, com agilidade insuspeita para quem até aquele momento se mostrara tão frágil, atirou-se a seus pés e, dramático, um barítono a dar sonoríssimo dó de peito:
— Perdão, Altamiro. Perdão.
— Hun — muxoxou Filipo.

E Josepo, ajoelhado, prestes a beijar-lhe o peito do pé:

— Tou aqui só pra isso, Altamiro. Voltei só pra isso, ouviu bem?

— Pois não devia — cortou Filipo. — Ou vai querer, aqui e agora, fazer autocrítica?

Josepo se ergueu:

— Por que não? — E, desafiador, firme, encarando Filipo: — Quem há de me impedir?

Tinham-se tão irados que Altamiro pensou: *irão se engalfinhar?*

O pai:

— Se for preciso. Aliás, é o que devíamos ter feito já no Comitê. Desde o início. Em vez, nos entregamos nas mãos dele. Todos nós. Como patinhos. Deu no que deu.

Mas o pai haveria de convir... ora, quem, afinal, poderia adivinhar que Nicola... bom, a milícia...

— Não é disso que falo. Não é disso. Refiro-me ao método. Coisa de bruto, de bandido. Desvio ideológico stalinista. Não existe mais luta de classe. Luta de classe morta, luta social posta. Por desconhecer isso, ele desacreditou dialeticamente o Comitê, nosso movimento, nossos companheiros. Tremendo retrocesso. Custou-me a vida, atirou você nos braços de um fantasma hermafrodita, que trocou você por um zumbi. Não é o bastante? Hun? Não é? — ele mesmo respondeu, dedo em riste, olhos voltados para o céu: — Por muito menos, nossa amada União Soviética se esfacelou; o muro de Berlim veio abaixo; o capitalismo triunfou.

Calou-se, ofegante.

Altamiro de novo pensou o cocuruto, levou os dedos aos restantes fios do ralo cabelo. Só que agora, escrupulosamente, evitou qualquer lembrança de Anita. Josepo, que tudo ouvira calado, a fisionomia transtornada, gritou, bochechas em fogo, quase apoplético:

— Revisionista! Burguês!

Filipo:

— Mil vezes isso que vulgar assassino.

— Era necessário fazer o que eu fiz. Tentei quebrar a espinha dorsal da burguesia. Meu erro foi acreditar numa democracia socialista.

— Tá, tá tá. A grande desculpa. Matar um ou um milhão. Tanto faz. Sempre necessário.

— A velha consciência pequeno-burguesa.

— Ora, quer saber?

— O quê?

— Mesmo?

— Droga! O quê?

Encaram-se, desafiadores, dois caubóis nos confins do Alabama, prestes a sacar as pistolas. Filipo pateia, escarnece:

— O comunismo.

— Qué que tem?

— Está morto.

— Oh!!!

— Mortinho da silva.

— Ah!!!

— Morreu, morreu. Antes ele do que eu.

— Oh! Ah!

— Morto e enterrado. Marx, o primeiro a ir para a cova. Lenin o segundo.

— Você o terceiro! — berrou Josepo. E, noutro berro: — Traidor! Traidor!

Atirou-se sobre ele, engalfinharam-se os dois.

Rolaram pelo chão, a alvoroçar os móveis, a pôr os vizinhos em desassossego. Logo, protestos vararam as paredes, e foi assim até que se ouviu enorme estrondo; esfumaram-se ambos, em meio a grandíssimo, incomodativo odor a enxofre, a coisa sucumbida, defunta.

Na sala permaneceu Altamiro, só, olhando para o vazio. Na retina, a visão do pai. No íntimo, o que tinha dito sobre Anita, ela agora a pairar sobre ele como uma sombra, amplíssima, dominadora, que o sufocava, mas de cuja sufocação nem de longe queria se livrar.

Capítulo IX

A punição

Conferiu a placa: Beco do Dantas. Entrou. Tremendo mafagafo, divinamente sórdido. Estreito corredor, quartos de ambos os lados. Embora céu claro, sol forte, ali se fazia penumbra, quase espessa, musgosa, as paredes úmidas, escorregadias de um visgo esverdeado, nauseante. Quem conseguiria viver num cafifo daqueles? Uma dúzia de passos dados, sempre conferindo nas portas, deu com o número: trinta e dois. Bateu, ninguém atendeu. Empurrou com cuidado, a porta se abriu, à meia fresta. Meteu a cabeça por ela, de leve chamou. Silêncio. Insistiu, o mesmo silêncio. Entrou. Cômodo único, úmido, iluminado por luz esverdeada, pendente do teto. Paredes descascadas. Colada à dos fundos, uma cama, minúscula, assim como minúsculas eram as duas cadeiras, a mesinha, somente a geladeira de tamanho normal. Parecia uma casa de bonecas, cenário de pesadelo. Leve ruído às suas costas, voltou-se, levou grande susto.

Altamiro passara a noite anterior cabeceando no sofá, sem conseguir grudar os olhos. De manhã, quando se levantou, exausto, deu com o bilhete debaixo da porta:

Tenho uma informação que pode muito bem acabar com o sofrimento que tu agora tá sofrendo. É só me procurar. Se não aparecer és o maior otário e um otário deve mesmo passar pelo que tu tá passando. Me procura hoje de tarde, depois das duas. Não esquece. Depois das duas. Se tu aparecer antes, eu não estou, e se tu aparecer depois eu já saí. Meu endereço é Beco do Dantas, quarto 32.

De alguém que só quer o teu bem.

Passou a manhã inteira na Altamirocupoteca, o bendito pedacinho de papel a queimar-lhe no bolso. Por várias vezes teve impulsos de rasgá-lo. Uma única ideia o deteve. Ou melhor, duas

Primeira: e se Anita, ela própria, o tivesse escrito? Se lhe estivesse pregando uma peça? Era muito de seu feitio. Coisa, aliás, que o encantava: o jeito libérrimo, iconoclasta, o ar atrevido de "eu sou livre, livre, livre de marré marré marré, eu sou livre, livre, livre de marré dessi". Enfim, e se...

Segunda: indo, o que tinha a perder?

Agora ali estava, diante de seu susto: um anãozinho albino e capenga, minúsculo, mas autêntico deixa-que-eu-chuto. Que, fero, o encarava do alto de seus noventa e tantos centímetros. O olhar era tão iracundo que Altamiro a custo segurou uma gargalhada. Mais ainda quando de novo pensou ser tudo a própria Anita, a mangar dele através daquele mundo de pesadelo, o beco, a umidade das paredes, o minúsculo dos móveis, a bazófia daquele anão de meia-tigela.

— Não sou — disse o anão.

— Hein?! — surpreendeu-se Altamiro com a voz grave, firme, incrivelmente segura daquela figura de fancaria. Que emendou:

— Anita. Não foi o que pensou?

Altamiro não respondeu. O anão sorriu, aproximou-se, estendeu uma das mãos, tocou-lhe o braço. Altamiro se viu transportado, à sua frente enorme, gelada estepe. Era a norte-noroeste de Kuvshinovo, a tundra a se alastrar, rala, coberta de gelo miúdo, vitríolos azulados à fraca luz do dia. Perdido em meio àquele deserto gelado, pôs-se a caminhar a esmo. Então, em tal ermo, tomou-o insopitável vontade de urinar. Não lhe seria difícil aliviar-se, vivalma presenciaria seu descarrego, mas, se ele tinha um pé nos confins da Rússia, mantinha o outro no quartinho do anão. Quem garantiria, portanto, que o xixi vertido no solo paridor da libertadora revolução socialista não encharcaria suas calças no sufocante cômodo do xexelento subúrbio pequeno-burguês de Campo Grande?

Entregue a tais preocupações, quase não percebeu a figura que ao longe, aos poucos, se lhe avizinhava. Ela foi crescendo, crescendo, até que à sua frente, com alarido que o fez verter calças abaixo a urina até ali tão zelosamente cativa, surgiu enorme corcel alaranjado, finíssimos arreios a ajaezá-lo. Vanguarda de belicoso troço de cossacos, montava-o imponente, fogoso cavaleiro. Como se não o visse, para cima dele endireitou o animal. Salvou-o a urina, que, empapando-lhe os sapatos, fê-los escorregadios, pespegando-lhe tamanho tombo que o desviou da rota dos animais. Só teve tempo, antes de se esborrachar, de gravar as feições do cavaleiro, o que por um triz não lhe roubou a sensatez, pois eram as mesmas do anão. Mas se o anão era o cavaleiro e o cavaleiro era o anão, quem seriam ambos?

Deu por si outra vez no quarto. À procura da

diminúcula criatura, não a encontrou em canto algum. Mais: os pequenos móveis, a geladeira, a cama, tinham igualmente desaparecido. No cômodo, agora vazio, só a luz do teto a lançar lúgubre, esparsa luminosidade às paredes.

Foi nesse exato momento que a verdade lhe saltou com a rudeza de violento chute no traseiro. Ah, como fora ingênuo!

Mais: sonso, a ponto de não ter deslindado a sinistra trama pequeno-burguesa contra ele perpetrada! E da qual se livrara única e exclusivamente pela providencial vontade de fazer um banalíssimo xixi! Sim, porque, não fosse isso, o vigoroso corcel guiado pelo sósia do celerado anão o teria feito saltar em pedaços. Mas a quem daria proveito ceifá-lo, justo naquele solo? Não encobriria tal fato sutil ironia? Ou não seria troça lançá--lo num cenário irreal, zombar dele com a figura do macabro homenzinho, conduzi-lo ao berço de sua crença e lá torná-lo uma sombra, funérea, inútil?

Oh, conhecia as pegadas daquele proceder. Não lhe eram secretas, ah, não mais, não mais. Por que então estivera tão cheio de mais, mais, mais, de não me toques para inculpá-la? Hipnotizado, com toda certeza abestalhado por seus poderes de salamandra, Anita ainda o tantalizava. De onde lhe viria tamanha magia: de encantatórias poções; de ouradas bruxas; do covil do boitatá; das garras do curupira? De onde?

Vinham, sim, do confim dos tempos, da alma de todo explorador, de todo matador de ilusões, de todo sapo pançudo fumador de charutos, estuprador de virgens, de todo vil empregador, tirano proprietário de terras, vinham do...

E a própria Anita pôs-se à sua frente, encantatória, a tomar todas aquelas formas. Sim, porque ela não era mais que uma agente da burguesia capitalista. Sua missão era desestabilizá-lo, quiçá cooptá-lo.

A sorrir, com a ponta dos dedos acariciou-lhe o rosto:

— Então, acha mesmo que descobriu? — E emendou, escarninha: — Duvide-o-dó!

Altamiro murchou, perdeu a altanaria, só conseguiu balbuciar:

— Por que... por que me matar?

Ela riu um riso cristalino:

— Acha que vou dizer? — esse o riso que dava nos momentos de gozo, ou de puro folguedo, quando saíam da Altamirocupoteca, percorriam as ruas do subúrbio. Às vezes, de zombaria, elevava-se acima dos passantes, causava-lhes bruto susto, gritadinho nas crianças, resmungado entredentes nos adultos. Ele se alvoroçava, "não faz isso" ela se ria mais e mais, "sou um fantasma, se lembra?" e nessas horas ele pensava que todos no mundo eram assim, fantasmas, sombras a viver arremedos de vida, reflexos de um espelho embaciado, até que ela se punha de novo mulher, desnudava-se pelos cômodos do apartamento, na cama repetia, o gozo chegando, os olhos esgazeados "yeah, yeah" e ele se via febril, de tão convencido do amor que ela lhe dava.

— Ora, ora... acha mesmo? — fez ela, com gesto estranho de cabeça, olhos brilhantes, olhos de fantasma.

— O quê?

— Essa história.

— De amor?

— Hun, hun,

A alma travada entre os dentes, ele só foi capaz de balbuciar:

— Então... se não me amava... por que me enganar?

— Enganei? Será?

— Quem é o zumbi?

— Hein?! — ela exclamou, e sumiu-lhe o jeito estranho, voltou-lhe a fisionomia normal e ele pensou que a tivesse encurralado. Arrematou, rápido:

— Me trocou por ele. Pai que disse. É o anão? O cavaleiro? Os dois?

Ela torceu as mãos, pareceu-lhe perdida, pela primeira vez desde que a conhecera, enrubescia, os olhos baixos, os lábios cerrados. Encorajado, ele insistiu:

— Hein? Quem é?

E ela, agora trêmula de picardia:

Quem é, quem é?
É o moleque busca-pé!
Quem é, quem é?
Quem não pode andar.
Quem tem bicho-do-pé.
Quem é, quem é?

E explodiu numa gargalhada de tamanha irrisão que o pôs novamente à sua mercê. Ah, escorregava-lhe por entre os dedos, perdia-a, perdia-a mais uma vez, quem sabe agora para sempre.

A alongar o riso, o corpo todo a sacudir, começou a se afastar. Ele tentou abraçá-la, seu toque se perdeu na massa volátil em que ela estava se tornando, até que desapareceu num desvão da porta.

Jururu, tropeçando na própria sombra, saiu do beco, voltou para casa. Estranhamente, e ao contrário do que supunha, naquela noite dormiu um sono de pedra.

Sequer sonhou. E o dia seguinte foi calmo, ele a se entregar aos afazeres do comitê, da Altamirocupoteca. Era
como se todo o acontecido não tivesse existido, não lhe
tivesse deixado qualquer marca.

Na terceira noite sonhou. E no sonho lhe apare-
ceram figuras: Trotsky com a picareta fincada no cocuruto; Lenin, no sarcófago, a sacolejar a própria múmia;
Stalin, de bigodeira raspada, tocando balalaica e ouvindo Lili Marlene num radinho de pilha pelos corredores
do Kremlin. E, entremeada a elas, em intermitências, a
cabeça do pai. Balbuciava-lhe coisas e desaparecia; e desaparecia e lhe balbuciava coisas.

Ele acordou e mal se lembrou do sonho. Que se
repetiu nas noites seguintes. Agora só com a figura do
pai, que, boneco de engonço, repetia-lhe o mesmo. E
ele acabou por entender. O pai lhe estava dizendo, aos
arrancos: "O morfético anão... e o cavaleiro... são a mesma pessoa... um zumbi... filho do Prof. Albussarai... os
dois vivem um romance secreto... pretendem fugir... pro
Alaska."

E foi a partir dessa revelação que Altamiro chegou às seguintes e definitivas conclusões a respeito do
amor:

— É um sentimento pequeno-burguês, in-
centivado pelo imperialismo ianque. Logo, é in-
compatível com a dialética marxista leninista.

— O bom revolucionário deve evitar o amor.
Se não, cairá nas garras da CIA. Caindo nas garras da CIA, será cooptado. Sendo cooptado, trai-
rá os puros ideais marxistas leninistas.

— A classe burguesa imperialista está camba-
leante e moribunda. O amor pode evitar que ela

despenque ladeira abaixo. O revolucionário que se entregar ao amor ajudará a retardar a queda. É, portanto, um traidor revisionista. Logo, terá que ser julgado e condenado pelo tribunal livre da História.

À luz de tais considerações, Altamiro analisou as atitudes de Anita: além de traí-lo, tinha tentado matá--lo. Precisava ser punida. Perdoá-la seria contrariar a essência da perspectiva dialética daquele momento, em consonância com seu desenvolvimento lógico, em contraposição à práxis histórica.

E ele a puniu.

Terceiro Movimento – Allegro Spiritoso

Capítulo X

Grand Guignol

— Anita acaba de chegar.

— Anita?

— Do próprio enterro.

— Não brinca.

— Indagorinha.

— Morreu do quê?

— Suicídio.

— Nããão!

— Pacto de morte. Ela e o zumbi.

— Como?

— Café com leite na veia.

Três meses antes: entrevista com Satanás

É sujeito charmosíssimo. Foi destaque do bloco carnavalesco "Se não vai, não me chateia", atividade lítero-cultural do Clube dos Sargentos Reformados da Aeronáutica, com sede no Morrinho do Chá, em Santa Cruz. Mantinha um centro de atendimento, metempsicose e apreensão de almas em geral na Avenida Felipe Cardoso, 33. Fez-lhe tamanha concorrência, no entanto, o aumento local do kardecismo e do umbandismo, que se mudou para Campo Grande. Instalou-se num sobradinho de dois andares no Condomínio Palais dos Picinguabas, no bairro do Lameirão Pequeno. E é na sala do sobradinho que Anita agora está, sentada diante dele. O lugar é despojado, de extremo bom gosto: móveis pós-modernos, teto solar, iluminação plena, que só faz realçar a pele lisa, os olhos coruscantes que contemplam Anita, o meio sorriso de canto de boca, bigodinho estilo canastrão de Hollywood.

— Altamiro me entregou. Me traiu — diz ela.

— Puniu.

— Hein?

— Você não o trocou?

— Ora...

— Pelo zumbi.

— Meu marido. O Geraldinho.

— Amante, Geraldo Albertini del Carmo Lorenzo. Filho de um pastor angolano-paquistanês e de uma missionária birmano-norueguesa, nascido de parto induzido, na madrugada de 13 de novembro de 1999, numa casa alugada no Largo do Bodegão, diante do Matadouro de Santa Cruz.

— Bom, a gente já está de casamento marcado.

— E ele não veio por quê?

— Caxumba. Descaída.

— Medo.

— Bem...

— E não acredita em mim.

— Bom...

— Acha que não posso salvá-los.

— Pode?

— Vamos ver.

— Vamos?

— Você quer deixar de ser fantasma.

— Quero.

— Ele quer deixar de ser zumbi.

— É... a gente quer virar... bem...

— Humanos. Para fugir do castigo.

— É...

— De seus pais.

— É, né?

— Banimento eterno. Empalação, torturas variadas. Também eternas. Você acha que eu posso evitar tudo isso.

— Só resta saber de que jeito.

— Tenho condições.

— Que a gente aceita.

— Não quer saber?

— Não precisa.

— Insisto.

— Hun...

— Quero as almas

— Topo.

— Dos dois.

— Topo.

— E dos filhos.

— Hein?

— E dos netos.

— Oh!

— E dos bisnetos.

— Ah!

— Para todo o sempre.

— Peraí...

— É pegar ou largar.

— Escuta... a gente não pode...

— Não.

— ...negociar?

— Não.

— Mas então... então...

— Então?

— Droga! Trocar seis por meia dúzia?

— Ofereço uma vantagem.

— Não vejo qual.

— Estou roubando.

— Ué, o quê? De quem?

— De Deus.

— Peraí... peraí...

— Tempo.

— Não entendi.

— Ele não é o dono?

— Do tempo?

— Pois então? Ofereço quinhentos anos.

— Tanto assim?!

— De juventude, beleza, prazer, riqueza.

— Sem limite?

— Hun, hun.

— Bem... bom...

— Aceita?

Quem faz negócio com o diabo
arranja problemas em penca.
Sai coxo ou estropiado,
metido em pior encrenca.

VOZ
Foi o que aconteceu a ela?
ANITA
Satanás me traiu.
VOZ I
Minha filha, volta e meia você diz isso. Não é mania sua, não?
VOZ
De jeito nenhum. Assim que ela concordou, Satanás procurou os dois.
VOZ I
Os pais?
ALBUSSARAI
(*Cofia o bigode, estala os dedos da mão direita — nhoc, nhoc — os da esquerda — nhac, nhac — gorgolha*)
A mim propôs-me algo, aliás, absolutamente fora de...
SECRETÁRIO
(*Interrompe-o, com matreiro risinho*)
O espírito é grande, a carne é pequena.
(*Como se falasse para um auditório, piscando o olho direito*)
Fato perfeitamente lógico, do ponto de vista dele.
ALBUSSARAI
Não do seu?
SECRETÁRIO
(*Vivamente*)
Uma proposta também foi feita a mim. Não se esqueça.
ALBUSSARAI
(*Mais vivamente ainda*)
Pode-se acaso conhecer-lhe o teor? Hun?
(*Os dois se encaram, bufarinheiros prontos a se engalfinhar. Satanás, de barrete, nos pés sapatilhas de seda, calções bufantes sobre calças justíssimas, estilo*

cavalariço da Idade Média, saltita em torno dos dois.)
SATANÁS
No palco ou no púlpito/ são sempre iguais./ As
lantejoulas, as purpurinas/ não lhes disfarçam as faces,/
emplastradas de rosa ou carmesim,/ sempre fesceninas.
ANITA
(*Olha para os dois, balança a cabeça, em gesto de
repreensão e indiferença*)
Baldados esforços. Eu me vinguei.
GERALDINHO
Imperdoável. Custou-me a existência.
SECRETÁRIO
(*Espeta o dedo no próprio peito*)
Pouca coisa. Na verdade, nenhuma. A nós coube a
imensa frustração. A nós.
ALBUSSARAI
(*Gargalha Satanás, agora vestido de expedicionário
branco em Bornéu.
Albussarai fuzila-o com os olhos*)
Por que nos procurou tão pressuroso? Ao menos
tomasse cuidados.
SATANÁS
Cuidados?
SECRETÁRIO
Suas pegadas, homem! Suas pegadas!
VOZ
Sobraram-se pela praia. Um anjinho as viu, correu,
preveniu Anita.
GERALDINHO
Preveniu?! Já levou a receita da poção!
VOZ I
A maligna?

ANITA
Que eu comprei por três reais, no balcão de servir
cafezinho, na antiga Padaria Mansil (*Pausa, efeito*)
A morte nos libertou.
SECRETÁRIO
(*Revoltadíssimo*)
Oh! Ah!
ALBUSSARAI
(*Idem*)
Ah! Oh!
GERALDINHO
(*Lamentosíssimo*)
Oh! Oh! Ah! Ah!
ALTAMIRO
(*De batinão talar, todo branco, capuz deitado às costas,
barba alvíssima derramada pescoço abaixo, a cara
do Leonardo Boff, humilíssimo chandala, a pregar o
neomarxismo ecoteológico*)
O sonho não morreu. A Mãe Terra é a grande opção
pelos pobres. É a Pachamama, a Magna Mater, a
Tomantziu. É Gaia. É o grande pobre, humilhado,
devastado, oprimido. Inicia-se a nova luta de classes.
GERALDINHO
(*Para Anita, acusador*)
E pensar que você já foi dona dessa alma.
ALBUSSARAI
Quero que ela volte. Pago setenta sestérios.
SECRETÁRIO
(*Num susto*)
Pela alma? Vamos leiloá-la?
SATANÁS
(*Zombador*)
Em moeda atual, por favor. Em moeda atual.

ALTAMIRO
Não só os pobres gritam. Gritam as águas, gritam as árvores, gritam os animais, gritam os ventos. A terra grita.
SATANÁS
Era um homem. Virou uma barata.
ALTAMIRO
A Mãe Terra nos expulsará. A Mãe Terra está crucificada. É tarefa nossa descê-la da cruz. A nova luta de classes.
GERALDINHO
"Aqui hoje, ido amanhã", disse o fazendeiro que perdeu seu porco pintado.
SATANÁS
E repetitivo. Já por duas vezes falou em luta de classes.
ALTAMIRO
A Mãe Terra prepara um novo ser. Que receberá o espírito. Que substituirá o homem.
SATANÁS
Quem será?/ Quem será?/ Podemos conhecer?/ Não é justo saber,/ já que vamos/ todos perecer?
ALTAMIRO
(*Grandiloquente, quase num grito*)
A grande lula. A lula gigante. O novo avatar. Deus vingativo. A revolta da Mãe Terra.
ALBUSSARAI
(*Leva o fura-bolo à testa, coça-a, encara Altamiro, pensativo, logo depois terrivelmente irônico*)
Hun... Perfeitamente aceitável sob o ponto de vista dele. Mais que aceitável: lógico. A queda do homem, um homem novo.
SECRETÁRIO
Ora, tenha a santa paciência! Homem? Um híbrido,

meio gente, meio animal? Deus da Índia, vindo do
profundo averno?
SATANÁS
Invoquemos o Papa.
VOZ
Papa? Qual dos dois?
SATANÁS
Na falta deles, um pároco.
VOZ I
O de Campo Grande não serve. Beberrão. Cara cheia,
dia sim, o outro também.
GERALDINHO
De cerveja em lata. Qualquer uma. Tremendo mau
gosto.
ALBUSSARAI
Desafia aos tapas quem o invectiva a deixar o hábito.
VOZ
Diferente dos primeiros a aqui aportar. Muito.
SATANÁS
Em Santa Cruz, edificaram obra meritória. Dizem.
ALTAMIRO
Alto lá. Alto lá. Deus chega sempre antes dos
missionários. E sempre age antes deles.
ANITA
Deus?!
(*Maliciosa, as pupilas dilatando-se-lhe, vingativa*)
Ora, ora... e desde quando você acredita? Que eu me
lembre, isso nunca foi...
ALBUSSARAI
(*Faz um gesto, interrompe-a, leva o mindinho da mão
esquerda ao nariz, coça-o, repreende Anita, depois se
volta para Altamiro*)
Interessante. Muito. Continue.

ALTAMIRO
A religião, em especial o catolicismo, não tem saída. A
não ser, claro, entrando em harmonia com a Mãe Terra.
SECRETÁRIO
Tá, tá, tá.
(*A Voz incorpora a Vizinha. A Voz I incorpora a
Delegada. Vizinha: esquálida, dentuça, fala com
o ar preso entre os dentes — xiiii — chiados, por
vezes muxoxos de puro gozo. Comprida, espanador
da lua, olhar falsamente altaneiro. Mãe solteira de
uma filha que jamais a procura. Mora na Estrada do
Catonho, em casa modestíssima. Delegada: baixinha,
redondinha, rechonchudinha, bochechas rasas, dentes
brancos sem cuidados, cabelos bastíssimos, em topete,
empertigadíssima galinha garnisé.*)
VIZINHA
Moravam aí do lado.
DELEGADA
O casal?
SECRETÁRIO
Sempre fui contra. Diabo de sujeito esquisito.
(*Aos outros*)
Já viram o retrato de minha filha?
(*Para a Delegada*)
E a senhora?
(*Quase esfrega a fotografia de Anita na cara da
Delegada, que — cocococococoricó, cocococococoricó, o galo
tem saudade da galinha carijó — dá um suspiro fundo.
Ele guarda rapidamente o retrato*)
Enquanto que o sujeitinho...
ALBUSSARAI
(*Irônico*)
Concordo. Acho que todos também. Só que, por fora,

bela viola; por dentro, pão bolorento. Pobre se engasga
com cuspe. Estranhíssima, ela, Anita. Quem diria?
Segundas, quartas e sextas, novenas a Maria. Terças,
quintas, sábados e domingos, missa e penitência.
Aos mais variados senhores da Santa Madre. Fora
procissões e préstimos aos pobres e necessitados.
Sem dia e hora. Acreditava na volta do Senhor, no
julgamento final. Lavava roupa no tanque cantarolando
músicas do último CD do Padre Marcelo.
SECRETÁRIO
Um momento. Falava eu de quem, afinal? Do
sujeitinho. Pois então?
(*Pigarreia, pragueja, perora*)
Peruqueiro. Estabelecido na Rua Albertina, 35, fundos.
Mais: atravessador na venda de frangos e ovos caipira
para o Mercado São Brás; auxiliar de escrevinhador
de bicho na banca do Toninho Baru, na Rua Manaí;
auxiliar de atendente de babalorixá; fornecedor de
esperma para o Primeiro Centro Genético de Bebês de
Proveta da Zona Oeste.
DELEGADA
(*Passa as mãos pelo topete, alisa o corpete, dá suspirinho
fundo, sentido, será que o Secretário esconde alguma
coisa com esse ar sonso, jeito bobão, ou não passará
da mais soleníssima cavalgadura? Mas, se é assim...
Encara-o, pergunta, na bucha*)
Por tudo isso Anita o matou?
SECRETÁRIO
Nãoãoãoão!
(*Abre a boca para dizer um bem grande. Interrompe-o
Geraldinho, que, urubu em arribação, esvoaça por sobre
eles, berrando*)

GERALDINHO
Eu abomino o ser humano! Abomino!
DELEGADA
(*Se vira para Vizinha*)
E a senhora?
VIZINHA
Eu o quê?
DELEGADA
O que acha?
VIZINHA
Do quê?
(*A Delegada tem vontade de esganá-la. Ar de deboche,
o dela. Não é comprida assim à toa. Castigo. Bagulhão.
Oh! Ah! Firulu, mangalô três vezes. Sapatão! Cinco
anos? Dez? Ai, ai, tempo demais. Cruz. Mamãe vai
fazer, papai vai fazer. Só falta você. Ai, ai, tanto tempo
sem abricholar. Mas com quem, quem haveria de? E a
filha? Diferente dela. Mignonzinha. Gostosinha. Mamãe,
vou botar uma tatuagem. Qualacoisaqualéela? A filha
conheceria a vítima? Assim tão apetitosa, até que...
Anita sempre apegada aos santos, será que na cama...
então, a garota bem que podia...*)
VIZINHA
Pensa isso da Waldilice, não, doutora. Benzadeus. Boto
minha mão no fogo. Por ela. Muito direita. Cabeça boa.
Faz curso prático de enfermagem. Mal se conheciam,
ela e o Geraldinho. A bem da verdade, ela só veio aqui
três vezes. Em mais de quinze anos. Já não disse que ela
mora com o pai? Mora, só, não. Com ele foi criada. Pela
família dele. Em Deodoro. Me tiraram ela assim que ela
nasceu. Um pecado. Mas que que eu podia fazer?
WALDILICE
(*Lourinha da tintura da L'Oréal Platinum Plus, três*

vezes de quinze em quinze dias no Pink's Hair Style da
Estrada de Madureira, cachinhos descendo pelos ombros,
depilação total com a Penha no mesmo endereço, voz
esvoaçante de passarinho na muda, cinturinha de pilão,
um pitéu para olhos e munhecas, conhecida à boca
pequena como a Bruna Surfistinha de Quintino, mantém
quitinete alugada na Rua Silva Teles, em Bangu, para
recebimento dos ais de senhores de fino trato, cem reais
por sessenta minutos com direito a papai e mamãe,
para variedades, bom, "na hora H a gente vê", sorri
matreiríssima para a Delegada. Satanás percebe o clima,
maroto aproxima-se delas, mas, de inopino, Altamiro
surge, barra-lhe o caminho, achega-se a Geraldinho,
toma-lhe o braço. Faunesco, pés de cabra, chifres à
testa, alça-o, e assim, alçados, aéreos, tomam os dois o
rumo do extinto vulcão do Mendanha, detêm-se à boca
outrora fumegante, lá de cima veem o deserto, Campo
Grande, o mundo. Satanás, detido a meio gesto, abre-se
em escancarada gargalhada).

SATANÁS
(*A voz pressagiosa, carregada de maribundos sarcasmos*
e augúrios)
E o homem foi levado/ e tentado em todos os seus/
mais secretos ais./ O que dirá o dono dessa terra de
palmeiras,/ desse mar azul,/ de todos esses carnavais?

ALTAMIRO
Você também quer, não quer?

GERALDINHO
(*Torturadíssimo*)
Ah, não sei, não sei. Debato-me em dúvidas. Terríveis.

ALTAMIRO
No entanto...

GERALDINHO
...no entanto...
ALTAMIRO
Em seus olhos...
GERALDINHO
...em meus olhos...
ALTAMIRO
Oh, vejo tanto... mas tanto...
GERALDINHO
O quê? O quê?
ALTAMIRO
Ah, não sei se devo... não sei...
GERALDINHO
O quê? O quê?
ALTAMIRO
Abrir meu coração. Por inteiro.
GERALDINHO
Por que não? Por que não?
ALTAMIRO
Ah! Não quero fraquejar. Não agora.
GERALDINHO
Então ser fraco é confessar que...
ALTAMIRO
Quê?
GERALDINHO
Ora, que...
ALTAMIRO
Oh, Deus! Oh, Deus! Sinto-me tentado. Mas, diabo, eu
que devia tentar.
GERALDINHO
Como a cobra tentou Eva?
ALTAMIRO
Não, não...

GERALDINHO
Como Julieta tentou Romeu?
ALTAMIRO
Não, não.
(*Igualzinho ao* "me Tarzan, you Jane")
Eu Romeu, você Julieta.
GERALDINHO
Isolda e Tristão?
ALTAMIRO
Eu Tristão, você Isolda.
GERALDINHO
Bartira e Caramuru?
ALTAMIRO
Eu Caramuru, você Bartira.
GERALDINHO
(*Subitamente pensativo*)
Ahn...
ALTAMIRO
Entendeu?
(*Geraldinho não responde, ergue os olhos para o
céu, dilacerado por entranhadíssimas elucubrações.
Compreenderá que Altamiro está apenas querendo se
vingar de Anita? Por que suas palavras o deixam assim
lasso, entregue? E o que, ao fim e ao cabo, decidirá?*)

Capítulo XI

O relatório

Apresentado pela Delegada *ad hoc* da 33ª DP, Dra. Ivonair da Veiga Morel y Hernandez, tendo em vista os fatos apurados por ela referentes às diligências realizadas sobre o duplo suicídio ocorrido na Estrada do Catonho, 54, Bairro Casa Verde, em Campo Grande.

O documento

À luz de meus conhecimentos de psicologia forense, psicopatologia freudiana, sociologia empírica e, principalmente, aos mais aprofundados estudos da religião e de suas revelações, tanto do mundo dos vivos quanto do mundo dos mortos, tomo a liberdade de citar o maior brasileiro de todos os tempos, recém-eleito em consagrador escrutínio popular promovido pelo SBT, o nosso querido e sempre pranteado espírito de luz, Chico Xavier, quando sabiamente diz: "Se teu peito abriga de Jesus a glória, até seu chulé terá cheiro de magnólia".

Devido a isso, e porque eu, ô, *maranata*, tenho

a glória, e em vista do acima exposto, despiciendas se tornam outras considerações, mercê de minhas acuradas observações, as quais, data vênia, passo a enumerar. Mister se faz, entanto, analisar a personalidade dos envolvidos em tão lamentável episódio, de modo que o faço de imediato.

Começo por Anita, porque era o espírito em torno do qual todos os outros gravitavam, como as estrelas, que estão sempre girando em torno de um astro-rei. Só que Anita não tinha o brilho de nenhuma rainha. Tinha, sim, uma luz ligada pelo Diabo, luz que refletia o bafo fedorento do Capeta, e que transmitiu a ela uma moléstia pestilenta, *oh, Deus-pai*, um tremendo furor uterino, a mais insaciável voracidade lúbrica, aquilo que Freud já identificava, em meados do século passado, como *ancillae silessasinum*, cujos sintomas são as acentuadas contrações peristálticas uterinas rasas e profundas nas paredes laterais e superior esquerda da genitália feminina, notadamente em pacientes jovens, pertencentes ao estamento suburbano carioca da sociedade brasileira.

Por esse motivo, posso afirmar, sem qualquer dúvida, que Altamiro não foi mais que uma vítima de Anita. Pela seguinte razão: os níveis de testosterona liberados por ele não ultrapassavam 0,03mg. Mas, de acordo com a média universalmente reconhecida, estabelecida desde 1893 por Corb & Scott, estes níveis devem ser superiores a 3,45mg à temperatura ambiente, com exceção dos esquimós e das populações circunvizinhas às calotas polares árticas e antárticas. Ora, como a virilidade masculina depende do nível de testosterona e como a de Altamiro era... bom, vê-se logo porque Anita se cansou dele.

Com Geraldinho ocorreu exatamente o contrário. Além de altíssimos índices de hormônio masculino, ele ostentava, *ô Jesus amado, valei-me!*, algo que o diferenciava de todos os outros homens, o que pude constatar pessoalmente, quando se procedeu à sua necropsia, a que por dever de ofício coube-me assistir. Anita, por sua vez, com sua mente devassa, constatou o mesmo, através do simples pressentimento que teve assim que o viu. Não demorou muito para que, *in loco*, e literalmente estatelada de susto e deslumbramento, tivesse a confirmação desse pressentimento. Mas, afinal, do que se tratava? Do seguinte: a intimidade de Geraldinho estava em total desconformidade com o diminutivo de seu nome e com a dos machos arianos com habitat costumeiro em nossa latitude e longitude, para os quais a normalidade figura entre 15 e 17 cm, enquanto ele, *oh, Senhor, afasta de mim este cálice*, ostentava inquietantes 25 cm.

Com Geraldinho Anita passou a viver um sonho dourado. Era tão ardoroso quanto ela, ou mais, até, aparelhado que estava com aquele bendito presente do Diabo. Ela então procurou um terreiro de macumba para fazer logo a amarração dele, mas os espíritos das trevas lhe disseram que para a amarração ser definitiva eles tinham primeiro que se casar.

Só que o Senhor é grande demais, e prospera onde o Diabo pensa que impera absoluto. Assim é que Ele fez Anita ficar sabendo do romance secreto entre Altamiro e Geraldinho. Roxa de raiva, ela fingiu aceitar, disse que, se era para o bem dele, não se importava em reparti-lo, ficava até satisfeita. E cozinhou especialmente para ele um pato à cabidela, a fim de provar que não tinha qualquer mágoa. Só que temperou o pato com caldo de folha de jequiriti, mamona brava e comigo-ninguém-pode. Na terceira garfada, ele caiu duro e ela ficou dançando e cantando em torno do cadáver, como essas feiticeiras horrorosas que a gente vê em desenho animado. Só que tanta satisfação lhe deu uma baita fome e ela comeu um pedacinho do peito do pato, se esquecendo de que ele estava envenenado, e também se findou. Sua alma ficou perambulando no limbo até que reencarnou como um afrodescendente gay, aprendiz de depilação feminina no Pink's Hair Style, o mesmo salão frequentado pela Waldilice, na Estrada de Madureira, 54. Às vezes, com um biquinho de nojo, ajuda na depilação da própria Waldilice. Já pediu à dona do salão, uma afrodescendente como ele, mastodôntica e bissexual, prestes a se juntar, em relação homoafetiva, com uma das cabeleireiras, de nome Afrodite Laurant, para transferi-lo para a depilação masculina. Ela está estudando o assunto, *oh, Senhor, bem-amado, a justiça está sendo feita.*

Quanto aos demais participantes do rumoroso caso, o Secretário e o Prof. Albussarai, embora inimigos figadais, passaram juntos toda a tarde de uma sexta-feira, bebendo num pé sujo de quinta categoria, na Estrada do Pedregoso. Acabaram ingerindo cachaça batizada com etanol. Morreram quarenta minutos depois. Suas almas estão num círculo evolutivo próximo ao umbral. Muito em breve reencarnarão. O Secretário, como magarefe em Braz de Pina; o Prof. Albussarai, como mulatinho sarará no Morro dos Prazeres. Aos 14 anos iniciará carreira como fogueteiro na boca de fumo do Manzolão. Um ano depois, será preso. Torturado, entregará os antigos companheiros. De volta ao morro, será cozinhado no micro-ondas da favela vizinha. Quanto ao Secretário, por comprar e vender carne de porco deteriorada, será condenado a cinco anos de confinamento, em regime

semiaberto, com direito à conversão para trabalho comunitário depois do cumprimento de um terço da pena.

Altamiro, desgostoso e sentidíssimo com a morte de Anita, resolveu sair de Campo Grande, iniciar vida
nova em outro lugar. Mudou-se para a Vila Kennedy.
Aderiu ao capitalismo, passou a explorar o trabalho de
meia dúzia de camelôs. Financia a compra das merca-
dorias com juros de setenta por cento, além da participação de cinquenta por cento nos lucros. Tenciona
também criar uma empresa de promoção de eventos,
especializada em bailes funk e no lançamento de novos
talentos da periferia. O nome da empresa deverá ser
Anita's Enterprise.

MISSA NEGRA

1

E vieram as viúvas e os filhos e os pais, e os velhos e os moços, e se espalharam pelo campo-santo. E trouxeram mochilas e farnéis e sobre as lápides os abriram e preces aos céus elevaram.

Pão e vinho
trazemos a cantar.
Pão e vinho
para os mortos louvar.

Pão e vinho,
eis o sinal
de nosso amor,
de nosso amor menino.

Pão e vinho,
no verão e no inverno.
Pão e vinho,
nosso calor eterno.

À frente da rezaria punha-se Silvinha Rabelo, viúva do Eusébio Carpinteiro, e, à frente dela, Elvira dos

Santos, enviuvada de Florêncio Batista, o motorista. Que durante toda a vida sentira um bruto medo. De ser vigiado, de ter o grande dedo a apontá-lo a cada momento, a cada pensamento, sempre a...
— Ih, Flori! Pelo amor de Deus! — implorava Elvira, a torcer as mãozinhas. Tinha-as de criancinha, as falanges dos dedos tão miudinhas que pensava-se iam quebrar-se ao mais simples sopro.
...espetar-lhe as costas. Na rua, em casa, em todo lugar. E encolhia-se, como se gélido sudoeste nele batesse.

Elvira, Lirinha para os íntimos, quando moça a Brigite Bardot do Cantagalo, encantava e tentava a todos que... mas Brigite Bardot amulatada, coxuda, olhos de azeviche, cursando a Pastoral Feminina da Igreja Evangélica do Sétimo Templo, cantadora no coro:

> *Ai, Jesus.*
> *Ai, de amor e paz.*
> *Criador e criatura*
> *Que a luz nos traz.*

À noite, nas vielas do Cantagalo e adjacências, Lucrécia Bórgia a defender as pudendas, a gemer entre esgares de pecabundo gozo, "ai, não... não faz... isso não", até que um dia, no banco traseiro do táxi do Florêncio:
— Que foi que você fez? Ai, que foi que você me fez?

Ele, o fino risinho de canto de boca, a respiração gozosa, ogro satisfeito de orgulhar-se.

O Pastor cofiou o bigodinho, perdeu os olhos pelas coxas, seios, o rosto lisinho, de romã, disfarçou penoso suspiro, sentiu enorme frustração, ah, o tempo a engoli-lo, a eviscerá-lo, os olhos agora grudados na cara de fuinha violenta do Florêncio. *Penas mil*, pensou, o parlapatão papará para sempre o pitéu. E ele, Pastor, paparia paramelos. Justiça naquilo? Olhão parado no papai da pituca. Beiço grosso, cara áspera de lixa, bigodeira, cabelão pixaim branco-fusco no cocuruto, cheiro de repolho cozido, dele, todo, vinha o cheiro repolhudo, pão ázimo azedado, bolor branquelo nas extremidades pontas dos dedos orelhas o abatatado do nariz. De manhãzinha, logo depois do primeiro culto, procurara-o, um José incorporado por Exu, deblaterando contra o anjo estuprador. Exigira-lhe a intervenção, e agora... Ao seu lado, a mãe, cúmplice. Pequenina, olhos espantados de rolinha de gaiola, quebradiça, cristal orvalhado a se esfarelar em tão brutas mãos. Gracinda Flores, seu nome. Graciflor, para o marido.

— Não é assim não, Pastor. Não é assim. Pensar de nós o quê? Faz-me rir — voltou-se para o marido, sorriu, ele lhe sorriu de volta, derretido, conheceria o Pastor os dela poderes, oh, não, bobão, ele. A se deixar perder de baldados desejos por Lirinha, desprezo por José, inveja do Florêncio, ora, poderia haver alguém mais... nem lhe passava pela cabeça seu papel ali, na frente deles, na frente dos fiéis, do Cantagalo, do mundo, do Deus que dizia adorar, será que esse era mesmo o...

— Tenha certeza de que não, minha filha.
— Verdade?

De patranhas e manhas
saberia o Pastor.
Mas e dos verdadeiros ais,
do mar, do sol,

das sementes lançadas à terra,
do verde dos pinheirais?

Epifania

E a figura repetiu, "tenha certeza de que não, minha filha", o que já lhe vinha dizendo em sonhos, há seis meses e trinta e três dias, e depois pôs-se toda branca, mudou-lhe o timbre da voz e o milagre se deu, a revelação, o coro de anjos e arcanjos em contrição à sua roda a entoar:

Txumiden
Txumiden mabut
Sarsas katxiatiat
Txumide
Txumiden mabut
Sorsas me sarasadent
ek data
Nonô nanê Gají
Barô lajau kan keresa
Barô manguin kanpukinasa
Galbentsa mesuriuto xatraça kancarása.

José ouviu a ladainha, quedou-se apoplético, a bocarra caída, moreia empilecada de gengibirra, a melecar-se:

— Ora, ora! Que pícaro, este nosso Deus. Rei. De nós a zombar. Grande gandaieiro! Grande!

Enquanto Gracinda graciosa, grávida das grandiloquências dos estudos independentes que fazia da Palavra e do seu verdadeiro significado:

— Ah! Os antigos cristãos, os caminhos das catacumbas, as sombras, os desvãos eivados dos mistérios da santidade. A morte, a morte. A imortalidade, a ressurreição. O iluminado, o iluminador. Um mundo de sombras, sombras a sufocar, a despedaçar os espíritos, a criar miríades de ilusões. Ah, poder enxergar além, a verdade entrever, a nos engolfar, *fiat lux, fiat lux*, a queimar as pupilas do iluminado, por que o Pastor, não vivo para o templo, não me comovem as paredes nuas, os bancos famélicos, a ausência de imagens, eu mesma sou minha divindade, tenho a chama a queimar minhas entranhas, delícia, delícias, *avé, avé. evoé*, o deus está em nós, isso é o que é, *avé, avé, evoé* — e riram-se ela e o marido, os dois, e deram-se as mãos e juntaram-se aos anjos e arcanjos que com eles se confundiam. Quase.

— Sabe? — disse ela, entre um volteio e outro, na pontinha dos pés, diminuta a ponto de caber todinha debaixo do sovaco dele.

— O quê?

— O Cristo.

— Qué que tem?

— Assistiu à própria crucificação.

— Mesmo?

— Olhando tudinho, aos pés da cruz. Achava um bobão, ria-se daquele soldado gorducho chuchando o corpo com a lança.

— Ué, o corpo não era o dele?

— Era.

— Pois então?

— Ah, aí é que está.

— O quê? Posso saber?

Ela fez biquinho, de suspense, brincava com ele, avara de revelar-lhe verdades tão...

— Era e não era.

Ele, a meio susto, quase detendo o volteio no ar:

— Hein?

E ela, agora quase num riso franco, o rosto cristalino:

— Morto ele nunca esteve. Vivo também não. Por quê? Eterno. Quem pode conceber?

— Quem? Nem o Pai?

— Ele é o Pai. Ele é o Filho. Sempre igual. A si mesmo. Para todo o sempre.

Ele estacou:

— Não ressuscitou? Então?

Franco agora o riso dela. Abraçou-o, fez que voltasse aos volteios. Graciosa:

— Homem de pouca fé! — riu-se ainda mais, mas, de súbito, séria:

— O homem, sabia?

— O quê?

— Deus caído. Vive a se lembrar do paraíso. Perdido.

— Todos? Todos nós?

Ela fez um gesto de cabeça, emudeceu, conduziu-o, macia mas seguramente para junto dos anjos e arcanjos e agora sim com eles se confundiram, confundidos no mistério, no grande mistério que a todos tragou.

2

AMANHECER

Estremunhado, a noite maldormida, Florêncio, na cama, ao lado de Elvira, sentiu a pontada de sempre.

— Ih, Flori! Pelo amor de Deus, vá! — resmungou ela, a torcer as mãozinhas, temerosa do que estava por vir.

— Não é.

— O quê?

— O que você pensa.

— Então o quê...

Ele tapou-lhe a boca com o fura-bolo da mão esquerda, ela fechou os olhinhos, umedeceu os lábios, trêmula, de asco, aguardou o beijo estralado. Que não veio, Lirinha a arregalar os olhos, mais arregaladinhos ainda que os dele, olhões escuros no rosto de galã da Atlântida, um Cyl Farney do Bodegão a balbuciar, a voz tremelicada, cheia de pesares:

— Eles estão morrendo!

— Quem?

— Já disse. Eles.

E ela, agitando-se:

— Sei, mas...

— Estão sumindo de Campo Grande.

— Estão?

E Lirinha suspirou fundo. Sete da manhã, o dia lá fora radioso, manhã suburbana barulhenta barafundas. Moravam na antiga casa dos pais dela, os dois mortos, a mãe depois de mil penares, o pai aos três suspiros. Quinze anos já. Florêncio não floresceu, murchou, tropicou, a vida, Leviatã de bocarra escancarada a devorá-los.

Ele, os olhos estendidos, grudados na janela:

— Não aparecem mais no céu. Quase. Precisamos salvá-los.

Ela, agora quase num grito:

— Flori, do que é que você está...

— Os urubus...

Ela engoliu em seco:

— Hein?!

As torres de pedra são uma espécie de auditório ao ar livre com três anéis concêntricos feitos de lajes de mármore. No anel externo são colocados os corpos dos homens, no seguinte os das mulheres e mais ao centro os das crianças mortas. Os corpos deixados sobre as lajes são consumidos em questão de horas pelos urubus. Os ossos são deixados sobre o solo para se transformar em adubo.

Haveria patranhas em sua voz? Costumava haver. Ou acaso não patranharia quando lhe falava em seu grande medo do grande dedo a apontá-lo, a amesquinhá-lo, enxovalhando suas intimidades da mais despudorada manei... Ora, ora, nos primeiros tempos encantava-a, via-o dono, desfrutador de inviolabilíssimos mistérios. Quais? E também o que ele lhe oferecia, o prato de comida, até que aquele mundinho, todo ele, e ele junto, lhe soube rançoso, o fulgor se toldou, ah, Deus, Deus, saudades das esfregações noturnas nos desvãos das ruelas do Carapiá, do campo grande, com um qualquer. Era estender os braços e... bolas, mistérios ela também tinha, só que... Por vezes, olhava-lhe a nuca. Tinha franzidos nela. Teria o cérebro na nuca? Florêncio Batista tinha o cérebro na...

— Ou a nuca no cérebro — dizia-lhe o Pastor, a voz pastosa, mais ainda os olhos, pegajosos. Ah, o velho, safado. A rondá-la no coro, a aprimorar-lhe os trinados, "Oh, Senhor! Senhor de todos nós-ós-ós", e fazia-a tilintar a linguinha entredentes, a prender-lhe a respiração com os dedos em pinça, da esquerda, no nariz, enquanto com a mão direita lhe pressionava a boca do estômago, e coxeava-a, tentava, despudorado, ele. E à vista de todos. E só com ela. E por que será que a mãe a tudo via e nada... Em vez, sorria, comprazia-se. Perder-se-ia ela também em seus mistérios? Um dia descobriu, viu-os, à mãe e ao dito Pastor em afogueadíssimos amassos junto à pianola na qual ele dedilhava o hinário. Ai, a mãe, safadinha, dava-se ao falso profeta devasso e se comprazia em vê-lo ardendo de desejos por ela, a filha, ai, Jesus.

"Portanto, eis que eu sou contra os profetas, diz o Senhor, que furtam as minhas palavras, cada um ao seu próximo. Eis que eu sou contra os que profetizam sonhos mentirosos, diz o Senhor, e os contam, e fazem errar o meu povo com as suas mentiras e com a sua vã jactância; pois eu não os enviei, nem lhes dei ordem; e eles não trazem proveito algum a este povo, diz o Senhor."

Sua Excelência

Banho tomado. Roupa por ela lavada, passada. Perfumadinha. Calça azul-marinho de tergal, fibra de algodão, comprada no Simão, na esquina da Barcelos Domingos, um ladrão, o turco, que fazer? uma camisa branca, sapatos pretos, dois pares, tudo em dezoito prestações, com juros extorsi... Ah, tivessem um filho ele seria visto como... como quê? com aquele quepe preto, de abas curtas brilhosas, exigência do Dr. Juiz, diabo de sujeito...

— O quê? — perguntou ela.

...como um mordomo de filme inglês o filho o veria. Ou como porteiro de hotel nos antigos da Boca do Lixo. Ah, a imaginação capenga dos paulistas, quatrocentões, empanturrados de grana, onde Zé do Caixão ser... patatipatatá.

— O quê? — repetiu ela.

Por que punha-se tão selvagem? Havia selvageria em sua voz. Do alto do salto do sapato sabia-a mais baixa que há quinze anos. Mais enrugada, gordota nas cadeiras. Feia? Pensava que não adivinhava suas... desde antes do casamento, cansado de saber. O Cantagalo tão pequeno. Imaginaria ela...

Abriu a boca de novo, ela:

— Primeira semana de trabalho. Erguesse as mãos aos céus. Já a implicar com o novo patrão. Tão simpático, ele.

Meão, mais chegado para o atarracado, muletas, inútil da cintura para baixo, fácil, fácil, contava o que...

A luta

Havia redemoinhos e nadadeiras e peixes de fero aspecto e eu me benzi e entreguei a alma ao Senhor, se me quisesse levar que o fizesse, mas a mansidão não me coube por muito, das profundezas de tão brutas águas gritei tudo menos isso, poupai-me, Senhor, sufocado pelas águas, não, não Senhor, e ele me ouviu e eu lutei.

Enfrentei os remoinhos,
enfrentei.
Enfrentei a Mãe d'Agua,
enfrentei.
Enfrentei o boto tucupi
enfrentei.
Enfrentei o Caboclo d'Água,
enfrentei.
Enfrentei o minhocão
enfrentei.

Vitória de Pirro

Fui ao mar buscar laranja,
Coisa que o mar não tem.
Voltei todo molhado
Das ondas que vão e vêm.

Fui ao mar da vida um dia,
Fui buscar amor também.
O amor que eu queria,
Ai, meu Deus, o mar não tem!

Nas ondas fui embalado
Até que à praia voltei
Sozinho, triste e molhado
Das lágrimas que derramei!

E ele se esgueirava cedinho pelo quarto dela deitada dormindo no domingo dadivoso. Espiava-a. Voyeur, espiava. Escondido no vão da janela de vitrô argênteo, as coxas dela, luz refletida nas coxas dela, o reflexo a se perder nas asas abertas do grande e rechonchudo morcego de asas abertas no vórtice das coxas dela. E era assim até que o manto descia sobre ele, véu orvalhado, a boca chupada da Hydra. Três meninos da floresta jogaram pedras no lago. Turvou-se. Náiades singraram o topo dourado das ondas. As pequenas. As grandes ampararam o casco de feros navios piratas. Cheios de tesouros. Nos porões. Nos porões cheios. Tesouros e culpas incrustadas. O rebrilhar das pratas feriu-lhe os olhos, as penas furaram-lhe o coração. Mil vezes tragado pelas águas que ser homem e não ser. Como Madame Li de Vermont aplacava seus ardores? E a figurante ignorada pelas câmeras num filme de... E os eunucos nos haréns em noites das mil e umas? Hein? O cuco cantou três vezes e três anões zombeteiros dele zombaram três noites seguidas até que sua culpa se tornou tão... ah!, as garras daquela culpa, o cheiro, alecrim com alvaiade, alfaiate, alecrim, se eu não fosse eu você seria a mesma pra mim? E o grande rio lhe surgiu à frente. O grande rio, grande Pietra e pelas margens do Pietra ele andou, e naquelas margens se sentou e nas margens do rio Pietra ele se sentou e chorou.

— Doutor, os despachos de hoje serão apensados ao...

Apense-os, dona Albertina, apense-os. Como lhe aprouver. Lhe aprouver como. Seu morcego, dona Albertina, será morcego dorminhoco de cabeça pra baixo, ou morcego morceguim, incapaz de gostar de mim? Na sala dos magistrados reúnem-se os magistrados, trocam segredos trocam esgares e arremedos os magistrados na sala dos magistrados, saberia dona Albertina, cuidadora dos magistrados, dos secretos segredos ali sepultados?

— E os recursos? Serão baseados em quê? — pergunta o Dr. Cássio Costa e Souza, juiz de segunda instância, aprovado em concurso nacional, *summa cum laude,* nomeado seis meses depois, desgostoso com a lentidão de sua ascensão na magistratura, o que atribuía à burocracia, jogos do poder, proteções, por causa delas ou da ausência delas não sou ainda titular encostado estou nessa vara insignificante, comarca de segunda, ai, ai, e levava as mãos à calva nascente, coçava a ponta do nariz aquilino, tipo tribuno romano, como gostava, para o resto do mundo nasal, narigão, de papagaio, cavalete, ah, as sabenças jurídicas, e se... Com voz rascante de frango na muda, bochechas chupadas, tremendo, gelatina em bico de coruja:

— Hein? Em quê?

S. Exa. fingiu baixar os olhos, pensando, o que esperava ele que eu respondesse? *Ad nutum dei memoriam.* E continuou pensando teria trinta, trinta e cinco anos, teria ao menos estudado caprichado latinório *qui, quae, quod*?

— Não me respondeu. Insisto: em quê?

Encurralá-lo. Queria. Assim argumentavam. Além do latim, ausente dele também as aulas de lógica? Seu velho professor, o velho Cantuária: "Todo homem é mortal, Sócrates é homem, logo Sócrates é..." Ora, meu

EDUARDO BORSATO

caro. Aí está. O resto é... Ah, a velha acanalhada safadinha retórica, sofismas. Em suma, a mesma refeição. O mesmo pão bolorento. A mesa posta, refeição a mesma, o bolorento do pão. Vontade de espocar num riso perto daquela cara, um truão à porta do foro portando maletinha de custas abarrotada. Trinta dinheiros. Entregá-los. A que destinatário? O mesmo do *si me gusto, si te gustas, Jesus?* Ao gentio, isto sim, ao gentio seria servida a retórica, ao gentio serviria aquela teoria.

— Boa para o direito alemão — respondeu, com um dar de ombros (*e isso de ombros ele entendia bem, sob os sovacos as muletas, há mais de cinco anos tinha-os fortes, revigorados*) e forçou o gélido da expressão, torceu, ah, quem me dera ter imóvel igualmente o bigode grosso, de escovão.

— Não para o povo? — e o douto juiz Cássio Costa e Souza repetiu, quase gritando: — Não para o povo?

Difícil acreditar. Dez da manhã, dona Albertina despachando o expediente, ele metido naquela discussãozinha saco de gato saco sem fundo, de tu num sai num sai de tu. Com o Dr. Calixto, decano daquele sacrossanto, vulgo Calixto Perdigoto. Vulgo Calixto Muletinha, santo Deus. Velha guarda. Conservador. Borrifava sentenças com fumos de Shakespeare, Fernando Pessoa, Machadinho. Poeta frustrado, frustrado poeta, frustrado marido. Quem não conhecia dona Claudete?

S. Exa. pigarreou, encarou-o. Mania revoltante constrangedora desrespeitosa mania aquela fazer menção à vida íntima. A ser assim, a lidar com brutos também poderia dizer... ora, quem não sabia no Tribunal que pautava-se o doutíssimo Dr. Cassio Costa e Souza por portar debaixo da toga *silk stockings* acompanhadas de calcinhas femininas? Azuis.

— Não basta conhecer. É preciso concordar. Preciso ordenar. Opinião pública uma coisa ser, o juiz outra — a voz, as palavras lhe saíram truncadas, tanta raiva, S. Exa. um ataque de tosse teve.

E o Dr. Cassio Costa e Souza impiedoso:

— *Carpe diem*. O Direito tem que refletir o que a sociedade tem de hodierno.

A tosse de S. Exa. aumentou, ora, ora, brandir--lhe Horácio. Única citação? Bem ao seu talante. Brandisse ao menos o verso completo: *carpe diem quam minimum credula postero*. Encaminhava a discussão para onde? Tentava. Epicurismos. Porta aberta para... materialismo histórico, dialética. Tudo reduzido à rudeza da... Onde o espírito? Sempre igual. Igual a si mesmo. Sem contradições, sem transformações. Eis o Deus. Isso aí. Pitifiufiu fim.

Vergava-se Calixto Perdigoto. Vergava-se Calixto Muletinha. Apoplexia? À sua frente? Não ousasse. E o Dr. Cassio Costa e Souza estremeceu. Não fosse ele ter. O que não o impediu de... por que se preocupar com o imponderável? Deus, os santos, os milagres, a pureza de Maria. Afinal o que isso tinha a... (*o soldado romano Pantera ficou famoso em Nazaré por encomendar vinte mesas ao carpinteiro José, pagar e nunca ir buscar a encomenda*). Diversionismos. A história em movimento. Impedir quem há de? A queda do Império. Do Deus do. Os *Founding Fathers* de ponta-cabeça, ceroulas à mostra, pudendas ao vento, oh, as trapalhadas do bom velhinho bom do Tio Sam. Letais. Impedir quem? Onde o Deus? O sopro da história. Isso.

A tosse de súbito se lhe foi. Em suspiro se transformou. De pura raiva, trincar de dentes o primado da lei transformado em valhacouto, nicho de ignorantes desinibidos e as trevas tombarão sobre... O horror! O horror!

Dona Albertina entrou, hora de... mas faltava ainda dizer... E ele teve vontade de gritar salve-se, Cristo não prometeu apenas o céu, deu sua vida em troca de nossa imortalidade, sem isso é a finitude, a queda. E uma voz soou façam o jogo senhores e o Dr. Cassio Costa e Souza o ajudou a se equilibrar nas muletas e amparado por ele os dois, obsequiosos, seguiram rumo à sala de audiências.

3

Graciflor

Requiem

Se tudo isso for inútil conduzir-se-á à tortura, durante a qual será submetido a interrogatório, em primeiro lugar referente aos artigos menos graves em que seja suspeito, pois que ele confessará as faltas leves de preferência às mais graves. No caso de ele se obstinar sempre a negar, pôr-se-lhe-ão frente aos olhos instrumentos de outros suplícios e dir-se- -lhe-á que vai passar por todos eles, a não ser que confesse toda a verdade. Se enfim o Acusado nada confessar, pode continuar-se a tortura um segundo dia e um terceiro, mas com a condição de seguir os tormentos por ordem e nunca repetir os já praticados, não podendo ser repetidos enquanto não sobrevierem novas provas, embora não seja proibido neste caso o continuar por ordem (ad continuandum non aditerandum, quia iterari non debent, nisi novis supervenientibus indiciis, sed continuari non prohibentur).

Não quis que eu ficasse mais em seu quarto. Então combinamos: toda vez que ela precisasse, era só tocar o sininho. Eu ia na hora. Trocar fraldão, dar sopinha na boca, fazer higiene. Íntima. Dar os remédios.

Era um moço louro, de bigodinho fino, cigarrinho no canto da boca. Ficava apoiado no poste, ora num pé, ora noutro, debaixo da luz, até que ela abria a porta. Saía só de madrugadinha. O cigarrinho aceso, a brasa rubra brilhava na neblina.

Parei de levar o café da manhã. Ela tocou e tocou o sininho. Forte.

Ele se chamava Rodrigo. Mandachuva na venda de cheirinho da Loló, na Rodoviária. Todas as terças, quartas e sextas passavam a tarde inteirinha no Motel Agadir. Ela dizia que ia ao dentista. De noite, em casa, dormia de pijama. Para disfarçar os chupões, as marcas arroxeadas nos braços, no alto das coxas.

Joguei os remédios fora. Troquei por mezinhas. Troquei o almoço por biscoitos água e sal. O sininho anda mais fraco.

Núbia era bissexual assumida. Depois que se conheceram, passou a lésbica definida. Fundou o primeiro Centro LGS do Jardim Arnaldo Eugênio. Assistiam às reuniões de mãos dadas. No escurinho da rua, trocavam amassos, beijos apaixonados.

Biscoitos água e sal também na janta. Sirvo em dias alternados. Sininho quase inaudível.

O vizinho tinha 13 para 14 anos. Ela o atraiu.
Para ensinar-lhe o verdadeiro sentido da Palavra.
Ditada por Deus. Ensinou coisa diversa. Ditada
por Satanás.

Silente sininho,
sinto sua falta.
Falta de seus gemidos,
tão aflitinhos.
Sininho, sininho.
Meus dias serão vazios,
deles você ausente,
eu sofrendo como se fosse
demente passarinho.
Mas que fazer?
Consola-me saber
você livre de qualquer padecer.
Descansou.
Não é o que se costuma dizer
de quem desta para melhor passou?
É o que agora lhe digo.
Eu, mais o Pastor,
o moço louro,
a Núbia,
o vizinho
e o Rodrigo.
Que a terra lhe seja leve.
Que o além lhe reserve só alegria,
nenhum castigo.

4

RETRATOS

Havia uma ifá de pés gorduchinhos. Em transe, pedia-lhe para massageá-los. E ele os tomava nas mãos, ah! os dedinhos, o cheirinho doce, repolhinhos em flor, a maciez, delírio dos deuses, dádiva. Assim os de Claudete. Doçura, maciez a mesma, sentir os artelhos, lamber o dedão, rosadinho, rosado, rosado clitóris pedidor tentador pododáctilo sugá-lo ela de prazer se contorcendo.

O judeu

Era um judeu polonês de sobrenome Wrotslawsky. Fugido da guerra. Refugiado em Campo Grande. Morava com a família — mulher e três filhos — num sobradinho da Augusto de Vasconcelos, quase esquina da atual Praça Raul Boaventura. Calixto, ainda simples advogado, germanófilo, comprazia-se com torturar o velho. Superioridade ariana, matadores do Cristo, usurários criadores da usura exploradores. Bem que mereciam. O velho esbugalhava tonteava gorgolhava incompreensões. Aos suspiros, disparava escada acima. Batia a porta, trancava-se, vergado sob o peso de mil insuspeitadas culpas, sombras de uma perseguição da qual buscara remissão numa terra de mil perdões, de mil alegrias, de mil mulatas, orgias, bacanais.

Os adolescentes

Punha-se toda faceira, descia a Coronel Agostinho. Incendiávamos.

Dona Claudete,
dona Claudete.
Meu coração
a senhora pisa,
com esse pezinho
mágico, pé de moleque.

Regressava só à noitinha. Afogueada, olhos acesos, alma catita, sorrindo serelepe.

Por que
se ri assim
Dona Claudete
esse riso multicor?
De penas não será.
Que de penas
ninguém se ri,
que não seja
grande sofredor.
Por que
se ri Dona Claudete

riso tão foliador?
De mágoas não será.
Que de mágoas
só se ri
de imigo morredor.
Por que
se ri Dona Claudete
riso tão perdedor,
se de perdição
só se perde
quem está rendido de amor?

5

AMOR DE FILHA

Meia-noite. Chuva, trovões, relâmpagos. Ela desce o calçadão. Pernas firmes, o corpo, o andar. Não leva sombrinha, só uma capa de gabardine. Caramelo. Cabelos alourados ensopados. O rosto é regular, linhas clássicas, nariz bem feito. Para na esquina do Beco do Seridó, debaixo da marquise da Magal. Local do encontro. Olha para um lado, para outro. Ninguém. Vultos desenham-se à distância. Medo. Lembra-se das antigas histórias da Cuca; dos diabinhos deleitosos em erguer as saias das moças donzelas, bolinar-lhes as delicadezas, empós deixá-las nuinhas, alvoroçadinhas, pudicícias ao deus-dará. Dobrava-se no colo da mãe, murmúrios, suspirinhos, desolada, e assim adormecia, nem em sonhos livre do desassossego. Desassossegada também nos dias seguintes. O pai trêmulo de pena ordena a suspensão da contação de histórias, pois não via a mãe? Que nesse andor, logo, logo a criança derreava, necessitaria mezinhas, vomitórios, poções, médicos.

Leve toque no ombro. Volta-se. Diante dela, sorridente bruxa zarolha. Miudinha, óculos de lentes grossas embaçadas, embaciadas mais ainda pela chuva. Ar de quarto crescente. Parada à sua frente, o riso fixo, os dentinhos da frente brilhantes a ponto de fazer piscar neles os respingos das gotículas da chuva.

Susicleia:

— Então?

A outra continua imóvel, o sorriso a queimar--lhe o rosto, as feições crispadas, funérea mensageira. Da morte.

Susicleia estende a mão, e, já impaciente, a chuva varando a marquise, os pingos a nela ricochetear, a dar--lhe na face, bofetadas:

— Trouxe?

O sorriso some, agora a cara a se transformar em máscara mortuária a pressagiar tragédias, desgraças, máscara da maldade.

Susicleia recolhe a mão. Dá meio sorriso. Entende. A bruxa brinca brincalhona tem-na prisioneira. Ioiô. Cordéis a peiam, puxa-os à vontade aquela fantasmagoria caolha a faiscar lúgubre sob a chuva, incendiando--se. Alguns segundos. Rápida em sucessão de filme de Carlitos a bruxinha tira do sutiã um pedacinho de papel estende ela pega guarda no bolso da capa dá as costas desaparece calçadão acima.

Bruxa zarolha voltando para casa desce o calçadão as mãozinhas erguidas à frente do rosto, anteparos, os pingos a varar-lhe os dedos virou-me as costas, nenhum agrado, nenhum sorriso me deu. Ela. Pensa como as outras. E já conheci muitas. Desde que... O que mais ofende: o desprezo que carregam nos olhos, como se eu... me imaginar mensageira da... elas que trazem a morte na alma, nos olhos, bem no fundo dos... olhos bonitos, tem essa. Rosto. Olhos azuis. Verdes? Coloridos.

Pensava que eu não a olhava com estes meus olhos vesgos. Devo muito a eles, estes meus olhos. A ponto de me perder. Foi Vó Sabrina. Me enfeitiçou. Vi coisa demais. Vó Sabrina tem cara de defunto que engoliu a dentadura. Me albergou na aldeia. Me bate, maltrata. Não tenho medo. Gosto, até. Esquisito isso, gostar da dor. Mas ela diz que é pra eu me aperfeiçoar. Só assim volto a ser como antes, jovem, alta, bonita, elegante, olhos verdes. Faiscantes. Disso não abro mão. Ela ri e se ri e me faz esfregar o chão, os talheres. Levanto muito cedo. Faço tudo. Também sou eu que entrego as... Ela diz que eu sou a mensageira. Não sei que mensagens levo. Adivinho. Mas não tem nada pra adivinhar. Todo mundo na aldeia sabe o que elas querem. Essa de hoje e as outras. Aparecem sempre cheias de pose. São todas iguais. Pedem sempre coisas que... Que ela faz. Mas sofre. Muito. Nessas horas tenho até pena dela e perdoo as... Às vezes penso que não são maldades, maldades mesmo. Se ela diz que eu mereço... Deve ser também porque não gosto de obedecer. Não gosto tampouco da aldeia. Não tem sol, não tem luz. Só bichos, assombração. Me amedrontam, não consigo dormir. Principalmente quando tem cantoria, rezas, preces. E as almas descem. Delas é que eu tenho mais medo. Mas ela me obriga a ficar no terreiro, a servir, a vigiar, a olhar com esses meus olhos acima de tudo as moças que vêm pedir. Como essa. Ela diz que são perigosas. Eu obedeço mas depois fico tão cansadinha que durmo e durmo e...

A mensagem

Deveis considerar-vos felizes por sofrer, porque

as vossas dores neste mundo são a dívida das vossas faltas passadas, e essas dores, suportadas pacientemente sobre a Terra, vos poupam séculos de sofrimento na vida futura. O homem que sofre é semelhante a um devedor que deve uma grande quantia, a quem diz seu credor: "Se me pagardes hoje, mesmo a centésima parte da dívida, eu vos darei quitação de todo o resto, e sereis livre; se não o fizerdes, eu vos perseguirei até que tenhais pago o último centavo."

Missa negra

O sêmen e a menstruação simbolizam a toda--poderosa sexualidade que é simultaneamente produtora de vida e fonte de inigualáveis prazeres, o que agrada aos demônios. O álcool simboliza a libertinagem, o caos, a desordem, o descontrole e a alcoolemia, expressando algumas das coisas que os demônios mais gostam de praticar, seja indiretamente exercendo a sua influência espiritual sobre as pessoas, ou diretamente, incorporando temporariamente num corpo humano. O sacrifício de animais é muito comum, sendo que a cor do animal prende-se com a finalidade a que se destina o sacrifício. Branco para conseguir coisas e alcançar objetivos; negro para destruir, separar, desfazer.

Velhíssima, Vó Sabrina. E vil. Ombros vergados, sobre eles a mais cega maldade. Imaginava o mundo como sua aldeia e governava-a com a... Torquemada campo-grandense, hálito horrendo, pegadiço (gases de cavernas, esconderijos, sapos, serpentes, fragrâncias tonteadoras, tonteante odor). Olhos de quem para eles olhasse em estátua seria para sempre. Cabelos em serpentes cacheados cacheadinhos, penteados por ela com pente branco de marfim sorria ao vê-las enroscarem-se no ebúrneo dos dentinhos do pequenino pente, único momento em que se ria em séculos. Perninhas de cabrito, gambitos a equilibrar banhas e reentrâncias, dobrinhas suadinhas salgadinhas, úberes, tetas balançadoiras, afogadas num singuê com reforço de arame. Galvanizado. Xamã, Iyami-Ajé, vestida nos trinques, garbosíssima qual destaque de escola de samba: ojá brilhante na cabeça; no pescoço humgebê de 12 fios, miçangas furta-cor; em vez de saia, xokotô justíssimo, com peixinhos debruados nos fundilhos, em bordado richelieu; bata branquíssima; pano da costa multicolorido sobre o ombro direito. Nos dedos anéis de ouro, búzios incrustados; brincos também de ouro e também incrustações de búzios.

Susicleia à sua frente, ela sorri, mede-a de alto abaixo. Novo risinho. Tem olhos puxados, tipo japonesa de Itaguaí. As pálpebras superiores empapuçadas, em capela; as inferiores empapuçadas em bolsões arroxeados, duas grandes jabuticabas. No resto do rosto, pelancas, buldogue velho. Olhando bem fundo nos olhos de Susicleia, sempre sorrindo, diz:

— Tens um urubu agourando tua sorte. Vais dar a ele boa vida ou decretar-lhe melhor morte?

— Ele não é ele. É ela.

— Eu sei.

— Então sabe também o que vai ser.

Vó Sabrina gira o olhar, alteia levemente a voz, dirigindo-se à bruxa vesga, ao lado de Susicleia:

— Ela já...?

— Já, sim senhora. Ontem — responde a bruxa em voz que surpreende Susicleia. É suave, doce, enganosa para quem a ouvisse apenas.

Referia-se a quê, a velha? A dinheiro? No anúncio de jornal, havia menção à forma de pagamento, adiantado, "para garantir o sucesso da amarração". Ou referia-se a outra coisa? Susicleia olha em torno. Estão numa espécie de sala de despachos, nos fundos do terreiro. Vinha dele cantoria, gemidos, os espíritos incorporados, palmas. A velha está sentada à sua frente, em cadeira imponente, quase um trono, ela numa cadeira comum, a bruxa zarolha de pé ao seu lado. Nove horas da noite. Havia calma ali. À direita, uma janela aberta, leve brisa, também uma calma lá fora. Recomendada para chegar antes das nove, às oito já estava diante da aldeia. Ficava ao sopé de um morrote, na Vila Santa Ifigênia. Um grande muro, um grande portão. Aberto, via-se uma casa ovalada, cor de cinza, avarandada. Ao seu redor, meia dúzia de casinholas, paredes brancas, tetos vivos, de longe casinhas de brinquedo. Enfim, a aldeia. Nome verdadeiro: Céu do Cajuru. Fundada por Sabrina dos Santos, em terreno herdado de seu marido, Eristovaldo de Vasconcelos Torres, com empréstimo concedido pela Caixa Econômica Federal.

A bruxa caolha a guiava. Fora quem lhe abrira o portão e a conduzira trilha acima, rumo à casa-grande. Toda de branco, cabelos presos, não dizia palavra. No rosto, impressentida angústia. Respiração sofrida, entrecortada por inaudíveis gemidos. O terreiro tomava toda a frente da casa. Em seus sete lados, sete velas virgens, negras, sete pontos, sete pecados, sete salamandras. Tambores, cantos, vestimentas, mães de santo, evoluções. Ridículo. Tudo tão... mais ainda ela ali. Pânico.

Vítima, ela. De um embuste. De uma embusteira que...
E vinham-lhe à mente a insensatez do encontro à meia-
-noite, a bruxa zarolha, a chuva, o bilhete, a falsidade da
escrita pomposa, familiaridades com o além. Embuste.
Embuste. Embuste. Mas ela só queria...
— Eu também — diz a velha.
— Hein?
— O mesmo.
— Mas...
— Claudete.
A velha não sorria mais, os olhos voltados para a
janela, a noite.
Pausa. Longa.
A velha:
— Conheci teu pai.
— Meu pai?
— No colégio.
— Ah!
— Adolescentes.
Difícil imaginá-la jovem, talvez bonita. E Susi-
cleia tão absorta se quedou nisso que quase não a ouviu
começar a cantar. E, à medida que cantava, se transfor-
mava.

> Sua voz se adociçou,
> seu rosto se modificou,
> ela toda, toda ela,
> agora bela princesa,
> à beira de um lago
> à espera do corcel alado
> que trazia o seu amor.

Pássaros saudaram quando ele chegou. Alçaram-

-nos e eles ganharam os céus, em direção ao castelo encantado.

— E lá viveram para sempre seu sonho ansiado?

— Não.

— Ora, mas...

De tanta felicidade
O Deus se pôs invejoso.
E resolveu acabar
com amor tão gozoso.

— O que foi, o que foi que ele fez? Convocou uma falange de arcanjos? Seu cachorro pequinês? Ou de vinte fez três, de três vinte e três, e a velha coroca transformou o feijão em maçaroca e com ela entupiu o pandulho do freguês?

— A outra apareceu e o moço bonito dos braços de Sabrina levou.

E a bela princesa em velha voltou a ser, o coração, o peito a explodir no grito que deu. De dor, de agonia, de uma existência inteira num só dia.

A velha, os olhos uma só lágrima, pega as mãos de Susicleia:

— Sua mãe. A enviada. Me matou.

— E está matando meu pai.

A velha a faz erguer-se, puxa-a contra si, aperta-a num abraço:

— Você. A outra enviada.

— Eu?! — balbucia Susicleia, sufocada entre os úberes fartos, o cheirinho de suor, perfume barato.

— Dele.

Novo balbucio:

— Quem?

A velha ergue os olhinhos para o céu e a voz, o beicinho, trêmulos:

— Esperei... todos estes anos... minha vingança... as trevas... as trevas...

E Susicleia:

— Enviada?! Eu?!

— Satã... ele... ele que...

Respira fundo três vezes, dá um tremelique, solta-a, recompõe-se, os olhos limpos de lágrimas, a carantonha de antes, a mesma, mesmos os gestos, as pelancas, a maldade, uma mulher de negócios. E a voz dura:

— Para quando?

— Bom...eu...

— Três dias.

— Ela... ela já tem...

— Outro? Eu sei.

"Quem não? Quem não?" E Susicleia esfrega as mãos, numa aflição. O pai mais e mais morria a cada vez que a mãe desabrida desavergonhada se... Sua vida diminuía, sua respiração, seu coração, tudo, tudo em macabra agonia. Ela, a mãe, abutre, arrancava-lhe nacos, a carne, devorava-o, cada vez mais lúbrica fantasmagoria. Que mistério, que mistérios naquilo havia? Aplacar o frenesi, interromper a queda, amparar o benquisto corpo amado, do pai, as mãos, mãos que a acalentavam, ela criança, nas noites frias. Sua tarefa, sua missão, agora aquilo por que vivia, um clarão.

Vó Sabrina.

Podia ser sua filha. Quantas vezes a embalara, velara-lhe o sono. Entrava, furtiva, varava paredes, pousava ao lado do berço. Ah, Deus! Deus! Por que a mesquinhez? Por que jogá-la nos braços de Satanás? Quantas vezes buscara respostas. Dele só vinha o silêncio, aquela quietude, a mágoa que a fizera buscar uma razão junto aos santos, às figuras que nas igrejas refulgiam, tão impotentes quanto ela. Satanás a enlaçou, trouxe-lhe pombas negras, pousou-as em suas mãos e elas voaram, seus sonhos, sua vida levaram, sua voz emudeceu, seu coração endureceu.

6

O MATADOR

— Dá pra acreditar? — exclamou ela, pondo-se terrivelmente provocante. Afofou os cabelos com as pontas dos dedos de uma das mãos e infinita era sua graça. Nua, deitada de frente para ele, com o movimento os seios se empinaram "ai meu Deus! como é que ela consegue?" e ele engoliu em seco, o gogó subindo e descendo, enquanto ela:

— Hein? Dá?
— Quer dizer que ele...
— Já disse.
— Repete.
— Se escondia.
— Entrava no quarto e...
— Pra me olhar.
— Que mais?
— Bom...
— Não podia.
— Por causa do acidente?
— Hun, hun...
— Como foi?

— O acidente?

— É.

— Ora...

Deu de ombros, apoiou-se nos cotovelos, meio torso erguido. Parecia contrariada. Ou ele pensou que ela assim estivesse. Mas como poderia, se lhe dava o céu e o mar, se o marido não passava de um inútil, pecado pensar assim de sua excelência, ou só pensava porque todos tinham por ele um temor reverencial como ela dizia?

Peninha dele jamais, jamais. Nem podia. Estou ainda na flor da idade. Sou responsável pelo acidente? (*Leve disfarçado sentimento de culpa, parece que todos a condenam. A filha a primeira. Inferno tê-la em casa, aqueles grandes olhos grudados nela todas as vezes em que saía, todas as vezes em que voltava. E ele, que a espreitava do escritório, quando chegava do tribunal. Não diziam nada. Nem precisavam. Bastavam os olhos dos dois. Aqueles grandes olhos dos dois.*)

Deu-lhe um beijo molhado na bochecha, sorriu. De novo descontraída. Voltou a alongar o corpo na cama. Todas as tardes, toda uma semana já, a mesma coisa. Enredava-o, sufocava-o, mantinha-o ao pé de si, assim para dele conseguir o que mais pretendia. Afinal, os homens são todos iguais. Funâmbulos a se equilibrar num fio invisível. Dá-se uma coisa aqui, nega-se outra ali. *Et voilà!* Eis a razão por que lidava agora com um motorista, mais precisamente o motorista de seu marido, embora fosse outra — não há muito tempo, note-se — sua preferência. Pelos mocetões de bigodinho e alguns de barba, não hirsutas, por favor, que não as suportava, que o marido trazia para jantar, no exercício de suas altas funções no egrégio fórum campo-grandense.

No caso atual não cabia falar em preferências. Tratava-
-se de uma questão de mister. Acima de tudo. Com os
ditos mocetões ofertava-se alguns acepipes, logo pés
aos afagos por baixo da mesa, apertos disfarçadinhos
de mãos, beijinhos roubados, esfregações, pimba, lá se
perfazia o que mais se queria. *Así no más,* sem ponto
nem vírgula. Sem complicações nem deslizes. Evite-se
mencionar, claro, a sombra sempre a pairar sobre ela,
falta de cumplicidade da própria filha. Mas que entendia
ela dessas coisas? Assexuada, ela. Talvez. Jamais um namorado, nem retoques de clara vaidade na lingerie, nos
pozinhos e potinhos de maquiagem que se acumulavam
no banheiro. A guardar poeira, de inúteis.
— Quanto custa uma alma? — ela perguntou.
— O quê?
— O preço.
— Ora...
— Tem ideia?
— Peraí... peraí...
Ela se pôs a rir do desconcerto dele. Ele se pôs a
rir do metediço dela. Só que amarelo, o riso dele.

> *É que ele guardava um segredo*
> *tão grande de dar medo.*
> *Que segredo será esse,*
> *que lhe aperta tanto o peito?*
> *Que segredo será esse,*
> *que ele esconde de todo mundo,*
> *do delegado ao prefeito?*

Então a voz de Vó Sabrina soou, forte, de trovão:
— Ele é do terreiro o matador. O bem-amado filho
de Satã, dono e conhecedor da morte. Ontem, hoje, amanhã.

7

Da imortalidade, como obtê-la

Sua excelência tirou uma melequinha do nariz, grudou-a debaixo da mesa de despachos.

— A minha é a alma que ela quer. Ela diz. Sem tergiversar, é a minha vida que ela quer abreviar. Diz que para aliviar meu sofrimento. Diz.

Ora, ora, que ele tinha sonhos de imortalidade. Até que por ela...

— Pela imortalidade? Toparia, aceitaria. Quem não? Só os estultos. Os mais.

Por esta razão, de boa mente, o Dr. Raul Boaventura se deixou matar, de tísica, falecido heroicamente, ainda que, embora a desoras, depois de melindrosíssimas negociações com o pároco Belisário dos Santos e o médico Alberto Rocha, detectada sua infecção pelo Teste de Mantoux, deverá o senhor iniciar o incipiente tratamento com amicacina, ciantromicina e ciprofloxacino bateu forte o martelo o médico, dando forte murro à mesa já que conhecia o paciente e por ele nutria forte impaciência, enquanto o pároco o olhava por sobre os óculos, a cara de um São Francisco de Assis a atirar miúdos de miúdos aos urubus da Galileia, e o quase a bater as botas do Boaventura a pôr-se ao largo da inquietação à sua volta provocada, a mulher e os filhos na outra câmara, ele a achar o ciprofloxacino denominação apropriada a energúmenos capadócios, enquanto a amicacina lhe parecia lembrava a mulata sestrosa rameira de riso farto peitos mais fartos dadivosos que lhe levara a virgindade contra o muro do sítio do Carlinhos Guimarães, na Estrada do Rio do A, e ele ganhou nome e busto em pública praça, mas, mesquinha imortalidade, e sua excelência deu suspiro fundo mesquinha imortalidade de periferia o que Claudete lhe ofereceria em troca, sonhos altos além dos tempos e dos templos *urbi et orbi* eram os seus que não se satisfazia com pífia denominação em... não, ele não, violão, ele não.

> *Peruqueiro, peruqueiro,*
> *me diga, em sua voz,*
> *indesejado agoureiro:*
> *o que da vida levar primeiro?*

O tosquiador

Avessa a molestar em demasia indevida suas clientes, quis saber a parteira Elisa Amarantes:

— O que acha Sua Excelência? — velha de doer nos olhos, encurvada, parteira de índias e escravas, agora estabelecer-se na Rua Sacramento Blake ia. Lá, o filho, não ela, se imortalizaria. De forma homérica, a ponto de motivar os mais heroicos elevados comentários nos bares. Do Moisés:

— Um sabichão, o que lhes digo. Grande sabichão — suspirou fundo o Barbosinha, pedreiro, peque-no estreito de ombros e de peito. Sentado à mesa do can-to, o copinho de cachaça com limão ao lado, a lasca do dentinho de ouro a rebrilhar de vez em vez.

— Ora, ora, quem não sabe? — Janjão, o aposen-tado, deu grosso riso, a sacudir toda a direita do corpo, a outra paralisada manquitolada, *a-v-c*, acrônimo *a-v-e*, há quase ano e meio quase o levou, salvo à última hora por Mamãe Aldeodá de Ogum, sua do peito, coração.

A olhá-los caladão, a vista vasta de entendido em tais e demais coisas, o Valinho, ex-meia esquerda do Campusca, inutilizado por fratura exposta advinda de acidente de moto na Estrada do Bodegão, fartamente, ele, provido de cervejas no Bar do Totonho, ingeridas na companhia de duas louras oxigenadas.

— Passam todas por sua mão — terminou por dizer, depois dos expectantes olhares dos dois, já que respeitadíssima sua era opinião. Sempre.

Silêncio obsequioso se fez, nem o rombudo pes-tanejar das varejeiras sobre os salgadinhos do balcão se ouvia. Por fim, Barbosinha:

— Ezequiel. Seu nome.

E Janjão, a aparar no beiço inferior o gole da cer-veja:

— De profeta.

— Dos maiores — completou Valinho. Emen-dando: — Profissão danada a dele. Dádiva do diabo.

Barbosinha pôs-se em dúvida:

— Quem sabe? — enquanto Janjão afogava-se num riso babado, quase uma gargalhada:

— Ora, ora. Quem não queria? Eu dava minh'alma.

Valinho:

— Para tosquiá-las? Com navalha afiada? Prepará-las para o parto?

— Que mais?

Barbosinha o encarou:

— E queimar de desejos? Depois?

De novo o riso estropiado de Janjão:

— E daí? Olhar para a cara delas e ser cúmplice. O mais íntimo. Que melhor pedir aos céus?

Valinho coçou a cabeça, mastigou tremoços:

— Que fim levarão os pelos?

Barbosinha, fleugmático:

— Cortados?

Janjão fuzilou-o com os olhos. Sempre curto de intendências. Ora, ele, por exemplo, se comprazia em enredá-los no cata-piolho, depois dar ligeiro puxãozinho, enquanto a falecida puxava-se para trás, repelãozinho carinhoso, ronronado, ronronando-se de se ver.

— Repararam que desaparecem? — insistiu Barbosinha, pondo-se a rir o Valinho, enquanto Barbosinha, cada vez mais sério, suspirava. Fundo. Lembrava-se de sua Matilde a lhe falar das habilidades do tosquiador. Era chegar, desfazer-se das vestes, das de baixo, as íntimas, pôr-se a termo e, num átimo: zás.

— Zás? — repetiu Janjão bobão.

— Zás? — repetiu Valinho baixinho.

— Zás! — confirmou Barbosinha.

Forte vento varreu o bar, tombou sobre eles, que vergaram os olhos para o chão, enquanto o vento correu, corrupiou pelas esquinas e todas as calvas e alvas pudendas do campo grande arrepiou.

8

DA IMORTALIDADE, COMO PERDÊ-LA

Viviam felizes dentro da caverna.
Do mundo nada conheciam,
o que nenhuma falta lhes fazia.
Muito ao contrário,
tão felizes assim eram
que só quando cansados de viver morriam.
Mas perseguia-lhes insana curiosidade:
queriam porque queriam
saber como o mundo lá fora existia.
Na parede abriram um buraco,
por ele saíram a ver o que os aguardaria.
Foram todos, menos o mais gorducho,
que o buraco não lhe era apropriado,
nele ficou entalado.
Os saídos à Terra percorreram
e logo se decepcionaram.
Só escuridão, tristeza e agonia encontraram.
E alguma comida, que, apiedados,
levaram para o companheiro emparedado.
No meio da comida, um galho seco.
Pegando-o, disse o companheiro:
"Vejam este galho: secou, morreu.

Não é bom o lugar
que vocês se puseram a percorrer,
com as coisas nele, todas, a envelhecer.
Para a caverna devem voltar.
Venham comigo de novo ficar."
Ouvidos moucos fizeram ao pedido
e logo pagaram pelo erro cometido.
O mais jovem deles, um rapazinho,
cheio de fome, em meio à escuridão,
comeu um fruto desconhecido.
Teve súbita palpitação, sopro no coração,
ficou como se tivesse morrido.
Urubus atrás de carniça
o corpo enxergaram,
em sua direção mergulharam,
como se ele fosse um grande salsichão,
apetitosa linguiça.
O rapazinho, mais esperto do que parecia,
estava era fingindo,
para conseguir o que queria:
trazer luz ao mundo,
livrá-lo de tanta treva, daquela agonia.
Pelos pés o urubu-rei segurou.
Para soltá-lo exigiu um enfeite
que fosse para o mundo um deleite,
que as sombras afastasse,
que a tudo iluminasse.
Urubu-rei trouxe as estrelas,
que o céu embelezaram,
mas a Terra não clarearam.
"Quero outro enfeite. A noite continua."
Urubu-rei trouxe a lua.
O mesmo ocorreu,

o céu lindo, um sonho,
a Terra um pesadelo, um só breu.
"Ainda é noite. Agonia pura.
Livre a gente dessa tortura."
Urubu-rei trouxe o sol
e a Terra brilhou,
da natureza a mais bela criatura.
Nem assim o rapazinho urubu-rei soltou.
Só o libertou quando o segredo
das coisas do mundo ele lhe revelou.
Urubu-rei voou, o céu alcançou.
Foi então que o rapazinho se lembrou de perguntar
o segredo da vida eterna.
Urubu-rei pôs-se a responder, mas tão alto voava
que sua voz o rapazinho não escutava.
Por mais que se esforçasse,
o segredo se lhe escapuliu,
o vento o levou, para sempre se perdeu,
entre as nuvens lá do céu sumiu.
É por isso que os homens até hoje
continuam a nascer e a morrer,
o que lhes traz enorme angústia,
o mais fundo padecer.

9

Cabeças a prêmio

No ar a adaga matadora refulgiu. Buscava o possuidor da existência que atalharia.

Sua excelência pensou em altanarias, a prosa de Heitor antes de tombar pelo punhal de Aquiles vingador: "Deixe-me ao menos não morrer inglório, sem lutar. Que eu possa fazer algo grande antes, para que os homens venham a saber."

Claudete pensou no Dr. Cacildo de Alvarenga Montemar, descendente de piratas caribenhos, moço amorenado, puxado ao marrom *délavé*, meio pixaim, glostorado, bigodinho de vassourinha, descolorido em água oxigenada a 3%, esperado para o jantar marcado para as vinte e trinta. Em ponto.

No cemitério

Terminada a rezaria, as viúvas e os filhos e os pais, e os velhos e os moços, à frente Silvinha Rabelo, viúva do Eusébio Carpinteiro, e Elvira dos Santos, enviuvada de Florêncio Batista, todos os vivos do cemitério se retiraram. As almas então mansamente vieram e em torno do deixado se acomodaram. E cada uma comeu do seu bocado.

Os possuídos

Capítulo I

— Encontraram o corpo.

— De quem?

— Ora...

— Dela?

— Quem mais?

— Onde?

— Adivinha.

O interrogatório

— Culpada foi a Pomba Gira.

— Culpada?

— É, doutor.

— Por quê?

— Incorporou numa bichinha.

— Daí?

— Que mandou suspender a cerveja. No meio do churrasco.

— Mas...

— Pode? Responde, doutor. Pode?

Uma da tarde, logo depois do almoço. Domingo suburbano ensolarado. E ele na delegacia. Pior: destrinchando um caso que... Trivialidades. No fundo, tudo, nossa vida, tudo, tudo não passava de... Sabia, mas que fazer? No lugar dele, apontassem quem, àquela hora, lasso, modorrento, seria capaz de pensar em outra coisa que não nas coxas, no sexo aconchegadinho, quentinho "ai, bem, assim você me mata" de Amelinha Rodrigues. Apontassem! Amelinha, a filha do Senhor Doutor Heitor d'Azambuja, Delegado Titular da 33ª DP, caída do céu em seu colo. Depois de uma semana de namoro os dois no Motel Carbonara, ela nuinha na cama, a implorar que lhe vendasse os olhos, que a estapeasse. Tudo acompanhado de gritinhos tais que ele chegou a pensar punha-se ela completamente insana de tanto gozo. E depois do sexo, dengosa, arfante:

— Bem... escuta ...

— O quê?

Pausa. Ela, mais dengosa ainda:

— Ah... nada, não... esquece.

— Fala.

— Bom... uma coisa...

— O quê?

— ...queria te pedir.

— Que coisa?

— Você faz?

— O quê?

— Promete?

— Diz logo.

— Promete primeiro.

— Mas...

— Promete.

— Tá bem, tá bem.

Fechando a cara, num amuo:

— Ih... precisava falar assim?

— Assim como?

— Desse jeito.

— Que jeito, meu Deus?

— Bruto! Seu bruto!

E repetiu "seu bruto, seu bruto", de bruços, rosto angélico, um diabinho logo a lhe sussurrar que nas madrugadas, sorrateira, subia a escada do sobradinho da Rua Jaguaruna, colava o ouvido na porta do quarto dos pais, punha-se gozosa com os gemidinhos sentidos da mãe, entrecortados de suspiros que lhe levavam a alma. E era com a alma entregue à mãe que voltava para seu quarto, nele se trancava, deixava-se sonhar com príncipes e princesas, piratas, galeões, a perdição.

Sem deixar de sorrir, esticou o braço, tirou de sob o travesseiro uma calcinha, diáfana, vermelha, estendeu-a com a pontinha dos dedos, a dizer, a voz de perversa perdiz:

— Roubei.

— Hein?!

— Da minha mãe.

— Ora...

— Veste.

— Hein?!

— Você prometeu.

— Mas isso?!

— Se lembra?

— Me lembro. Mas...

— Veste e...

— E?

Benditos os cadáveres rosadinhos das criancinhas. As carnes quentinhas, os rostos, anjinhos abandonados por Deus. Deleite jogar a terra sobre os caixõezinhos azuis, vê-los desaparecer, de um ouviu até os suspiros. E o grito, a voz, de afogado, o olhão grande arregalado, "minha mãe, minha mãezinha, não me deixa nesse breu, minha mãe, minha mãezinha, a senhora seu amor não me deu, por isso o dragão me devorou. Tinha sete pernas, sete cabeças, sete abraços. E me matou entre seus braços".

Isso o que se via à tona. Escavassem mais fundo, encontrar-se-ia mar revolto, muito, muito mais. Anacleto, por exemplo, um sanguessuga. Marretava as bordas das sepulturas. Uma nota para consertá-las. Cobrava das velhas, carolas, de mantilha e xailes negros, boas de pagar: tranchã, neca de pitibiriba, resmungos, reclamações.

Nas tardinhas de sexta-feira, Anacleto, Evandro e Eusébio. Churrasquinho na lápide da sepultura de Amadeu de Menezes Cintra, falecido em 20 de outubro de 1974, inscrição "bom pai, bom filho, amor eterno de Ester". Eterno amor Ester coberta de guardanapos de papel comprados no Prezunic a preço de banana por Evandro, amigo do gerente. E cervejinhas em lata, a 95 centavos, geladinhas conservadas no bujãozinho de isopor. Distribuídas em linha reta, soldadinhos em fila formada, framboesa, doce, sobremesa. Chorinhos e composições variadas de Bororó. Executadas com o devido zelo, cavaquinho do Eusébio puxadas ao pandeiro do Evandro, gogó do Anacleto. Caprichado Sílvio Caldas:

> *Este corpo moreno*
> *cheiroso, gostoso*
> *que você tem*
> *É um corpo delgado*
> *da cor do pecado,*

que faz tão bem.

Felicidade o nome da musa destes versos, uma mulher de vida pregressa pouco recomendável, que trabalhava em frente ao Tribunal de Justiça e que me foi apresentada por Jaime Távora, oficial de gabinete do ministro José Américo.

Os restos, os churrasquinhos sobrantes, devorados pelas famílias que moravam — zumbis, pai, mãe e filhos, visíveis somente à noite — nos fundos do cemitério, ao lado do grande cruzeiro. Cristo estiolado a velar por eles.

Bendita familiaridade com a morte. Dádiva.

Gata miadora, a Amelinha. Pensava mesmo ela envolvê-lo? Enredá-lo? Vestido com a calcinha da mãe dela, faria o mesmo o Digníssimo Senhor Doutor Titular da 33ª DP com Sua Digníssima? Ou seria ela recatada a ponto de... Vitoriana. Trocaria a Rainha Dona Vitória calções com seu consorte? Como o grandalhão desengonçado prógnato Pedro II em áulicas lembranças suas via Teresa Cristina, mignonzinha gorduchinha deixa que eu chuto em seus mais íntimos? Ora, ora, a mulher eterna mandadora na cama soberanices mil, deusa, revolução cultural, alcançaram a pílula, o poder, Relatório Hite, contracultura, Woodstock ponta do iceberg? Bendito cinto de castidade, ah, bendito.

E o detetive Cristóvão Barros da Silva se voltou para o coveiro Esperidião de tal. Preto azulado desdentado, arcada superior, parte frontal, toda, gengivas róseo-plúmbeas cor das pudendas da digníssima dele? Teria ele? Teria ela a mesma familiaridade com a morte, participaria de rega-bofes caprichados nas lápides, nas noites de trepação veria vultos no quarto — brancos, do bem, negros, cor da besta? Veria? A popozuda da vizinha do detetive Cristóvão, vidrada nos olhos verdes dele, mornava-o quando ele saía, mornava-o quando ele voltava. Tinha ela um gato, Lexotan, certo dia atropelado por ele deu enorme miau saltado o Lexotan, caiu durinho da silva e ela torpe, vil, para se vingar da indiferença dele inventou para o marido que ele, o dito detetive, tinha passado por cima do pescoço do Lexotan com seu carro caindo aos pedaços por vingança dela não corresponder às suas indecorosas investidas "meu bem, não te disse nada até hoje com medo duma tragédia, conheço de sobra teu gênio, e..."

— Então o senhor encontrou o corpo?

— É como já lhe disse, doutor.

— O senhor estava no churrasco e...

— Pois é. A bichinha, incorporada, e de pura pirraça...

— Pirraça?

— Tava se atirando pros lados do Janjão.

— Janjão?

— É... o primo do Romualdo... da dona Zezé... o Romualdo é *crooner* do conjunto do Raimundo Punhetinha... também é primo do Janjão e tava animando o churrasco e tinha...

Enroladinho ele. Negão enrolado. *E dos simples e humildes será o reino dos céus* uma ova e o detetive suspirou fundo, olhou pela janela. Novo suspiro mais fundo. Virou-se para o negão. O sujeito tinha uma pequena bossa no alto da testa, bem no meio, na raiz dos cabelos, por eles disfarçada, disfarçada pelo pixaim. A marca da besta? Daí... podiam ser os coveiros representantes de Deus ou da... ou seria filho da besta o dito cujo encontrador do incorrupto corpo de Bernadette Subirious, a santa, de Lourdes, a gruta? Cuja água santa benta podia ser recebida pelo correio, por qualquer um do povo, desde que devidamente preenchido o formulário anexo, em francês e/ou inglês, sem outras línguas disponíveis no momento.

Senhor pároco,
senhor sacristão.
Esqueci de perguntar:
quanto custa?
Um real, dois real
ou não passa de um tostão?

— Então o senhor encontrou o corpo?
— Isso aí. A bichinha suspendeu a cerveja, deixei o churrasco pra lá.
— E foi direto pro cemitério?
— Pra onde mais eu ia?
— O senhor identificou o cadáver?
— Eu não.
— Não sabia quem era?
— Da dona que tava sumida. Dona Regina.
— Então o senhor sabia.
— Eu não. Já disse.
— Peraí. O senhor acaba de dizer o nome dela.
— Ué, todo mundo sabia que ela tava sumida. Campo Grande inteirinho. O nome é que a gente só ficou sabendo depois. O senhor não?

E o negão olhou para ele com ar de tremenda irrisão e ele se abespinhou, e embora abespinhado viu que daquele mato não sairia coelho algum e, sendo assim, por que não...

Capítulo II

No bar

Os Cruzados vão em direção às muralhas de Antioquia no meio do esplendor dos escudos dourados, verdes, vermelhos e de outras cores; desfraldam suas bandeiras de ouro e de púrpura; montam os cavalos de guerra e vão revestidos de escudos e capacetes resplandecentes.

Bar Sete Portas, a dois passos da redação. Lugar cheíssimo.

— Esperar tanto tempo pra sentar numa baiuca dessas — resmunga Evandro.

E Paulinho:

— Marujos ao mar! Bolso furado! Aceita-se qualquer esmola e ainda fica-se muito obrigado!

Salu gargalha, acomodam-se a uma das mesas.

Paulinho:

— Nossa redenção! Pendura sem reclamação!

Chama o garçom, pede cerveja, tira-gosto: moela de galinha, pão fatiado, molho de cebola, quentinho, pimenta a gosto.

O bar não passa de um salão, não muito grande, na esquina da Barcelos Domingos com a Aracaju. Mesas também na varanda à beira da calçada. Caixas de som, televisão, maquininhas de jogo. Pontos de ônibus na Aracaju, motoristas, trocadores, filas, mulheres cansadas, gente suada. Balbúrdia, feiura, geral, viva Baal, filial do inferno.

Como fazer jornalismo para essa gente? E literatura? O gargalo da comunicação. Ao povo, tudo. De qualquer maneira. De preferência, o prato já feito. Com os condimentos necessários. Não os essenciais. Apenas os suficientes para... — pensa Evandro.

— Ora, ora... e o pardal se preocupa com o voo da cotovia — diz Salu. Salustiano dos Santos, velho, calejado, cínico jornalista, a cara inchada dos empilecados, factótum, peão dos mais variados interesses. O atual: os Pastores Pentecostais. Pronto para colocar o jornal a serviço dos. Continua:

— Idealismos, meu caro? Desde quando? Nessa profissão?

Sua noção de jornalismo: a verdade tinha muitas facetas. A melhor era a dos poderosos, que precisavam difundi-la. A imprensa servia para isso. Ponto. Simples assim.

E Paulinho, fisgando num palito um pedaço de moela, erguendo-o à altura do nariz, a voz cava, um Hamlet diante da caveirinha do papai:

— A pequena, a média, a grande. Imprensas. Aos mecenas atreladas. Na república velha, à vista. Na república nova, à vista. Na ditadura, à vista. Hoje em dia, embaçadas por névoa nitidamente escocesa. Ou americana? Ou inglesa, será?

Salu enche o copo de cerveja:

— Os pastores. Tou de olho. Tou de olho.

Paulinho dá um tapinha nas bochechas:

— Deus! Jesus! Os mais modernos financiadores.

Como esquecer-me eu de?

E Salu:

— Não eles, meu caro. A crença. A fé.

Paulinho, mastigando a moela:

— A movedora de montanhas. Terá ela poderes para proporcionar-me salário digno para minhas prendas já colocadas à prova mil e quinhentas vezes em fotos e fotos-legendas as mais relevantes de nosso pujante hebdomadário tão pujante que... poderá? A fé?

Salu se volta para Evandro:

— Não dá pra publicar o Caso Regina.

Paulinho se ergue. Cabeleira fulva, pernas curtas, braços longos, um ponto de exclamação invertido, olhos enviesados para a extremidade do nariz, um Oscarito de barbicha e bigode ralo. Vesgo?

— Ora, ora. O rio se recusa ao mar.

A voz é grossa, histrião, um histrião. Arremata a falação um gole de cerveja, senta-se, os olhos grudados em Evandro. Tinha ele, Paulinho, ideia sobre o que poderia mesmo de longe ser a verdade? Ou esperaria esperançoso expectante as palavras que... um escritor, o Evandro. Contos. Livros. Um deles, *Agnus Dei,* obra de gênio. Considerado. Ora, ora, como um gênio... Olhou para a crioula na mesa ao lado morria de vontade de saber o cheiro de suas arroxeadas partes as partes visíveis sovacos orelhas e as invisíveis? O que sentia ela pelo sujeitinho que lhe segurava a mão crioulo com cara de mico envergonhado, os olhos grudados na novela de televisão, bolas, que diabo o Evandro...

O Conde Estevão a Adélia, sua amada esposa, a seus queridos filhos e a todos os vassalos de sua linhagem, saúde e bênção. Podeis estar certos, meus muito queridos, de que a mensagem que envio para vos confortar deixa-me diante de Antioquia são e salvo; e, pela graça de Deus, com muita prosperidade. Agora, junto com todo o exército eleito por Cristo e por Ele dotado de grande valor, faz vinte e três semanas que avançamos sem cessar rumo à Morada de Nosso Senhor Jesus. Podeis ter por certo, minha cara, que em ouro, prata e toda sorte de riquezas, tenho presentemente duas vezes mais do que aquilo que me foi entregue quando vos deixei, porque todos os nossos Príncipes, com o consentimento do exército inteiro, e contra meus próprios desejos, me nomearam chefe, cabeça e guia da expedição.

— Os depoimentos colhidos pelo detetive não...

A voz de Evandro é débil. Defende-se sem convicção. Às portas de Antioquia, não ataca, reforça-se a resistência, e o gênio, onde o gênio? Paulinho dá um muxoxo, com cara de tacho encara Evandro, imagina que o talento um dia nele hoje eram sombras, título de filme de segunda, e assim a vida de Evandro, vida vagabunda agora, ele vagabundo acabado, o rosto vincado, cabelos brancos, por que enfurnar-se na redação de um jornaleco de quinta, quanto tempo fazia de seus livros, cinco, dez anos? Afinal, o que sabiam dele? Paulinho tem um choro travado, na goela a vontade de gritar, segurá-lo pelo gasganete:

— Conquiste Antioquia.

— Conquistarei.

— Liberte o sepulcro de Cristo.

— Libertarei.

— Mate o torpe turco.

— Matarei.
— Enxugue as lágrimas de Maria.
— Enxugarei.
— Cave a sepultura do infiel.
— Cavarei.
— Honre o Cristo morto.
— Honrarei.
— Chore a morte do Homem.
— Chorarei.
— Creia na ressurreição.
— Crerei.
— Pregue Sua palavra.
— Pregarei.
— Mate Alá.
— Matarei.

Evandro e Salu enveredam agora por uma prosinha besta, sem fim nem finalidade, à meia voz quase sussurrada, tipo conversa de patroa e empregada na cozinha das casas antigas, teto sem forro, telha-vã, chuvinha, tudo gostoso, aconchegadinho. Falso, falso, e Paulinho tem de novo vontade de...

Quinze dias atrás

— Um monstro.
— Quem?
— O marido, rapaz! O marido!

E os olhos de Evandro faiscavam, suas mãos, cuspido e escarrado um bandeirante a tocar com a ponta dos dedos as esmeraldas acobertadas por mil anos nos capões musguentos ensombrados das serranias.

— Matou-a?

— Não.

— Mas então...

— Pior.

— Que a morte?

— Muito.

— Mas... mas...

E Paulinho se calou, a acompanhar com os olhos um Evandro redivivo, o gênio, o talento que ele guardava, ah, ver sair daquelas mãos o que...

— Grande história. Grande história — e Evandro sorriu e seu rosto pôs-se de novo jovem, sem pregas, a face numa aluminação.

Paulinho se riu com ele, ora, ora, ali estava seu guru, não o que dias depois a cerviz curvaria carcomido cadáver às sete da noite em pleno Bar Sete Portas. Não, não aquele. Mil vezes não.

E Evandro inebriado:

— Uma tragédia. A história de Campo Grande. Um épico. Campo Grande, a Grécia da Central do Brasil. As vítimas desvendando o algoz. Escreverei.

A sala de repente se encheu de deidades, monstros, heróis, divindades que Paulinho podia tocar e que depois se derramaram pelas ruas, a espantar o povaréu, e de novo voltar à sala, pousar nas mãos de Evandro, cativas, cativadas, cativantes.

Capítulo III

Amor de mãe: Regina, no cemitério, prestes a se matar

Amanecí otra vez entre tus brazos
y desperté llorando de alegría
me cobijé la cara con tus manos
para seguirte amando todo el día
te despertaste tú casi dormida
tú me querías decir no sé que cosa
pero callé tu boca con mis besos
y así pasaron muchas muchas horas.

Cuando cayó la noche, apareció la luna
y entró por la ventana
qué cosa más bonita cuando la luz del cielo
iluminó tu cara.

Yo me volví a meter entre tus brazos
tú me querías decir no sé que cosa
pero callé tu boca con mis besos
y así pasaron muchas muchas horas.

É fria a lápide do túmulo. Minha filha. No final da alameda. Sombria. Tão escuro, tão frio. Ela sofre, presa aqui. Sinto seu coração pulsar. Através do mármore. Era assim que minha mãe também sentia o meu. Deve ser sempre assim. Devia. Nunca o coração de uma filha devia deixar de pulsar para... À mãe se deveria isso. E ao pai? Ele nunca tinha pedido coisa semelhante. E eu fiz. E senti prazer. Com o tempo. Muito. Principalmente às tardinhas, nos dias de frio, no escurinho dos corredores da velha casa, no quintal os passarinhos piando no alto das árvores, hora de se recolher. E também o bulício da rua. As primeiras luzes. E ali dentro tanta paz. Que eu tinha. E ele também. A mesma paz na qual ele se foi. De dentro do caixão eu lhe vi o olhar. Varando as pupilas, o olhar que ele me lançou. Nos lábios doce sorriso. Assim foi levado de mim. Roubaram-me. O olhar. O sorriso. Fecharam o caixão e... Pronto. Ali se encerrava uma vida. Pronto. Assim. Isso também esqueci de lhe explicar. Devia ter-lhe contado essas coisas, a você, já na idade certa para compreendê-las. Ah, queria encontrar os signos. Os signos da paz. Os três signos da paz. Todos eles. O primeiro você me desvendou. Se lembra? O dia se fez noite, a noite se fez dia. "Lembra-te, pois, de onde caíste, e arrepende-te, e pratica as primeiras obras; quando não, brevemente a ti virei, e tirarei de seu lugar o teu castiçal, se não te arrependeres". Eu me arrependi. Deus sabe. Você sabe. Não de todo. Não de todo. A ele não consegui demover. Ao seu padrasto. E meu martírio recomeçou. Não o seu. O meu. Foi quando me veio o segundo signo: "Dois corpos, duas cabeças, corpos divididos em dois. Então a resposta para os quatro desconhecidos, pequenos por grandes, mal escancarado para eles, eis o que lhes restará e também a ti, se perseverares na ignorância da oferta que lhe foi feita". E também essa... Oh, Senhor, oh, Senhor. Tantas lágrimas. E vieram as bestas e a levaram, despedaçada entre seus braços de fogo e de mim você se foi para sempre. Para sempre... até que... ah, bendita remissão, bendito castigo... foi só então que eu... a crisálida, o casulo... voltar a ele, recompô-la, de você ter de novo os traços, as vestes, os braços, a alma que eu mais uma vez... minha vida, minha vida inteira, minha existência... é preciso imolá-la para que... para que eu possa viver de novo ao seu lado... como deveria ter sido... sempre... casulo e crisálida... sempre... para todo o...

Capítulo IV

O milagreiro

Onze da noite. Sala do Dr. Oscar Pereira, proprietário e diretor da Casa de Saúde Santa Mercês. Salu sentado à frente dele. Ao seu lado, Nereu, o Pastor. Quando chegou, o Pastor já estava lá. E Salu agora se indagava, ora, ora, que estará ele fazendo aqui? Que soubesse, Oscar era católico, mas desses de ir só à missa e... bolas, mesmo não sendo tão carola, teria agora que amores por pentecostais? E Salu se coçou na poltrona, enquanto o Pastor, a cara balofa de seminarista comedor do espaguete preparado pelos próprios alunos de todos os... Oscar olhou para eles, sorriu. *Adivinhar ele*, pensou de novo Salu, num estremeção, e também sorriu, mas risinho amarelo, sem gosto. Nestor mastodôntico deu sonora gargalhada. Que diabo... que diabo... E Salu acabou rindo-se também, com o que a atmosfera se desanuviou, os três a ganhar a súbita intimidade de alcoviteiras em velório.

A verdade é que Salu mal e mal conhecia Oscar. Daí a estranheza pelo convite. Mais ainda pelo telefonema, uma voz cavernosa praticamente a intimá-lo. Àquela hora! Também o mulato façanhudo que o guiara até ali e agora continuava no corredor, cão de fila a arranhar a porta.

— Bom... — quase sussurrou Oscar, baixando os olhos. Evidente que tentava entabular conversa, mas...

Salu, agora o ar maroto, risinho safado disfarçadinho, não desgrudava os olhos dele. Afinal, alguma coisa estava prestes a... mas o quê?

Oscar era magro, alto, cabelo levemente pixaim, grisalho nas cãs. Vestido todo de branco, cara lavada, ah, o aspecto asséptico dos médicos, cigarrilha cubana (*no las aspiro, no más*) lembrando — o cheiro — ásperas lutas libertárias, ostentava o ar próspero dos barões da saúde.

Cardiologista, no início de carreira tivera clínica concorridíssima. Esfalfava-se, consultas a preço de banana, atendia a um número diabólico de pacientes. Mas logo, logo, adeus calor idealista, bem-vindos frios sonhos de riqueza, nunca mais ilusões de benemerência. Fechou o consultório, abriu pequena casa de saúde, fez conchavos, conseguiu concessões, corrompeu, corrompido foi. Hoje, a Santa Mercês, além da matriz, na Rua Alfredo de Morais, onde Salu agora estava, tinha filiais em Santa Cruz, Itaguaí e projetos para se instalar em Nova Iguaçu e Belfort Roxo.

— O povo é o Deus. O Deus é o povo — quase berrou o Pastor, voz de trovoada. Forte, trinada. As tônicas em baixo profundo, as átonas aspiradas de afogadilho, depois soltadas em chiado. Longo. Alongado.

E Oscar:

— Não dá uma boa, isso?

— Hein?!

— Manchete.

Ora, ora... então... será que ele pretendia uma entrevista com o... Não, não podia ser. Tolo demais, trivial demais. E Salu se contorceu na cadeira, de novo incomodado. Em seu jornal teria saído alguma coisa que... será que Oscar... corriam rumores, boatos... andava sempre cercado de capangas... era violento... desde rapazola... estapeava a mãe. De miolo mole, ela, fugida da casa da Rua Aracaju, em saias de crinolina, blusas bufantes, vagava pelas ruas, pés descalços, a conversar com sombras. Encontrada, Oscar a cobria de tabefes estralados. Ela se defender, tentava, erguia as mãozinhas em cruz, rogava-lhe brutas pragas.

— Você acredita em Deus?

— Hein?!

Muito diferente com o pai. Para ele, desvelos até a morte. Era meão de corpo, amulatado, jeito maneiroso de fino papa-defunto. Fez carreira como fiscal de rendas. Nomeado por influência política, ele mesmo acabou virando político: foi Administrador Regional e candidato a vereador. Morreu aos 81 anos. Complicações digestivas. Jantou guisado de cabrito ao tucupi, acompanhado de arroz carreteiro.

— Repito: acredita?

A mãe era alta, espigada, menos amulatada que o pai, quando moça se dava ares de nobreza, citava antepassados possuidores de vastas terras, sesmarias, descendentes diretos de alta linhagem portuguesa, desembarcados com a família real. Morreu aos 79 anos. Atropelada pela patinete de uma garotinha que descia a ladeira do Morrinho do Fogo, enquanto ela subia, à cata de um barco que a conduzisse aos baixios da Marambaia.

— Como acha que ele é?

— Deus? Ora...

— Fisicamente. Como?

A voz de Oscar era jovem, as palavras escandidas com elegância. O que mais impressionava, no entanto, era a sinceridade. Parecia tão empenhado na opinião de Salu que tudo o mais deixava de existir: os móveis, uma mesinha de centro branca, de pés maciços, cegonha ascética e deslocada; a mesa grande, sobre ela porta-retratos, dois. Um com a foto de Regina, o rosto ensolarado, riso no qual transparecia fugaz mas nítida tristeza; outro de Inês, a enteada. Jovem, rosto cristalino, uma Kim Novak espanholada de olhos e cabelos fulgurantes.

E o Pastor, veias saltando no pescoço grosso, num grito:

— Quem tem fé tem tudo! Quem não tem fé não tem nada!

Num susto, Salu se voltou para ele, enquanto Oscar emendava quase sobre as palavras dele, o tom quase tão alto:

— Um banqueiro.

— Quem?

— Deus. Para mim. Um banqueiro.

— Ah!

— Ele se parece. Acredita?

— E você? Acredita?

— Por que então diria?

Salu: *havia lógica naquilo. Havia. Arrevesada, mas lógica. Talvez a de macabra brincadeira, que podia saber?* Resolveu aderir, afinal, o que tinha a...

— Gorducho?

— Por que não?

— Charuto?

— Ora, que importância...

— Careca?

— Já disse. Que importân...

— Avarento?

E Oscar, quase numa explosão:

— Gorducho, careca, de charuto, avarento. Mas pronto a distribuir benesses.

— Distribuir?

Pastor:

— A quem pagar. Eis a oferta.

Salu, meio sorriso:

— E a fé?

Oscar:

— Paga quem tem fé. Pagando, ganha as benesses.

— Negócio?

— Dádivas. Saúde. Bem-estar. Dinheiro. Felicidade. Milagres.

— Por que não de graça?

Oscar sorriu:

— O povo. Aceitaria?

— Por que não?

— Só confia no que lhe custa. Sacrifício. Dinheiro.

Salu de súbito se calou, enfarado. Velharias. Tudo batido. Quem não sabia? Igrejas, templos, seitas, subseitas, desvios, tinha até um nome aquilo.

— Teologia da Prosperidade — disse o Pastor.

— Pois é — e Salu tornou, agora já sem qualquer peia, com desabrida ironia:

— Já negociou com Deus?

— O quê?

— A data de sua morte.

O Pastor, embaraçado:

— Peraí...

— Sua fé não permite?

Eduardo Borsato

Oscar sorriu:
— E por que não? Isso e outra coisa.
— O quê?
Entreolharam-se Oscar e o Pastor. Cúmplices. Os dois. Os dois a disfarçar um risinho sabido, guardador de sete chaves segredo. Mas qual?
— Quer mesmo saber?
Oscar brincava com ele. Alongava sua...
— Quer? — insistiu.
Mantinha o risinho, valorizava a curiosidade que tinha despertado. Ou será que não? Para ele sempre complicado tipos como Salu. Passarinhos sem pouso parcos pequenos nenhuns. Vida ao deus-dará. Aquele à sua frente: velhote, abandonado de encantos, abandonado da mulher, filhos. Morador num quartinho na cabeça-de-porco da Odete, comida de favor no Café Brasil, amigo do gerente, ele quase escondido atrás do engradado de cerveja escondido do patrão. Vida? Sem estudos, aprendiz de gráfico, linotipista na Tipografia Campo Grande. Como dono de jornal? Mistério. E que jornal? Semanário, quatro páginas, chinfrins, nos meses mais gordos edições de oito páginas recheadas de anúncios garantidores do quê, a preço de banana? Vaidades? Ser tratado com respeito? Por quem? O proletariado, a burguesia olhos grudados na televisão, gosto, prazeres, gastos, restava-lhe o lúmpen, o rebotalho, bocós, negões eternos sambistas de segunda vamos fundar uma escola de samba passar o livro de ouro pelo comércio torrar a grana churrasco cerveja putaria no ano que vem a gente... Como Salu os outros, dois, Santana, do Jornal de Campo Grande, Gilberto, do Amarelinho, três, farinha do mesmo saco, venais vendiam-se por dois tostões sempre pendurados na gráfica para rodar o que... Fa-

dados à fome, mais cedo ou mais tarde mais tarde mais cedo falidos bem feito noção nenhuma do que bem à frente de seu nariz acebolado nele se esfregando estava. A mudança, o progresso, os grandes veículos a varejar Campo Grande de alto a baixo varrendo vultos vulturinos vitrificados. Isso. Seriam os três vitrificados tinham-se negado não se tinham posto em tratos com o mundo virariam troféus, a mão cortada de um anão albino, macabro amuleto a ornar suas sepulturas. *Requiescat in pace. Amem.*

Do fundo da tumba, em resposta, veio a voz dos três, em coro, a entoar:

> *Antes disso,*
> *podemos fazer*
> *grande estrago:*
> *pousar na vida*
> *de qualquer um,*
> *cruel virago.*
> *Reduzimos a traque*
> *a reputação*
> *de qualquer cidadão.*
> *De nós ninguém escapa.*
> *Cuidado, moçada.*
> *Atire a primeira pedra*
> *quem na vida nunca*
> *fez uma cagada.*

E Salu também sorriu, seu sorriso sombreando o de Oscar.

O Pastor se ergueu, abriu os braços em cruz, assim caminhou até um canto da sala, lá se deixou quedar, Cristo suburbano, olhos empapuçados, cara de pançudo, envelhecido bebê. E de lá:

"Dentre as tribos do norte da Galileia havia um homem a quem davam o nome de Jesus. E ele andava entre o povo e falava aos humildes e necessitados. E dizia-lhes que deles seria o reino dos céus, enquanto os ímpios e pecadores estariam perdidos para sempre e arderiam nas chamas eternas, até o final dos tempos."

O povo da Galileia encheu a sala e Salu podia sentir o cheiro do cocozinho das ovelhas, o calor do corpo dos homens, o calor do corpo das mulheres e ouvir suas vozes que clamavam em torno do salvador.

"E sua pregação desagradou aos saduceus e desagradou aos fariseus, e contra ele então se puseram. Disseram: se o deixarmos assim, todos crerão nele, e virão os romanos, e nos tirarão tanto o nosso lugar como a nossa nação. Um deles, porém, chamado Caifás, disse-lhes: Vós nada sabeis, nem considerais que vos convém que morra um só homem pelo povo, e que não pereça a nação toda. Ora, isso não disse ele por si mesmo; mas sendo o sumo sacerdote. Desde aquele dia, pois, tomaram conselho para o matar."

E alguns da sala manietaram o Pastor, começaram a cuspir nele, a cobrir-lhe o rosto e a dar-lhe socos, a zombar e a dizer-lhe: profetiza. E outros a darem-lhe sonoras bofetadas.

"Os fariseus foram os primeiros a lhe deitar as mãos. E para aplacar sua fúria espancaram-no a ponto de logo o terem rendido a seus pés. Mas nem assim o furor se lhes abrandou. Só se acalmaram quando a cabeça lhe cortaram. E ergueram sobre suas próprias cabeças seu sangrento troféu e dele se mostraram jubilosos."

— Ui! Homessa! Que porra é essa? — gritou Salu, quando a cabeça ensanguentada do Pastor rolou a seus pés.

Os fariseus pensaram em apresentar o funéreo troféu ao sinédrio e ganhar cobiçadas honrarias. Os saduceus, invejosos disso, durante a noite pegaram a cabeça morta e cortaram-lhe a língua. Quando os fariseus exibiram a cabeça, os saduceus disseram ser eles os verdadeiros cortadores e como prova apresentaram a língua. Quedaram-se no sinédrio uns diante dos outros, a ponto de se pegarem a pau.

Oscar pegou a cabeça, pegou a linguinha, com passes de prestidigitador a coseu e o Pastor gargalhou e por entre o povo passou e diante de Salu se postou.

Salu teve o estalo de Vieira e foi quando tudo para ele clareou, todo o mistério para ele se desvendou e o milagre pelo mundo se derramou.

Capítulo V

A enteada

— Fecha logo a droga desse caixão! Fecha! — o berro de Oscar reboou pelo cemitério, espantou os vivos, alvoroçou os mortos.

O caixão foi colocado no carrinho. Saído da capela, atrás dele se formou o cortejo. Tropeçando na própria culpa, toda de preto, nariz remelento inchado do choro, Regina seguia à frente de não mais que uma dúzia de gatos pingados: três colegas de escola de Inês; amigos de Oscar; duas vizinhas, que, aliás, a amparavam. O resto curiosos, visitantes, talvez fantasmas sem outra coisa para fazer. Lúgubre, os rangidos das rodinhas no chão de terra batida, pedregulhos.

Quatro da tarde, chuvinha fina, dia encoberto. A cova ficava na quadra 34, a alameda de olmos descoloridos, moribundos.

No IML

— Pena! Uma pena! Beleza de garota! Beleza! —

e o legista titular, Dr. Izaltino de Morais Guedes, descansou o cotoco do charuto ao lado do cadáver, quase a chamuscar-lhe o rosto.

— Verdade! A mais pura! — rosnou Lizandro Neves, o médico residente.

Izaltino era grandalhão, pantagruélico, cara amarrotada, olhos de símio, óculos de fundo de garrafa, careca de doer, calejado em cadáveres como as meninas do Mangue, sessentão, caprichado em poesias de Augusto dos Anjos que recitava nas noites de segunda-feira, os versos a escorrer pelo prédio do antigo IML, corredores, a evocar crânios, vísceras, pústulas, álacres, airosos vermes.

Lizandro era puxado a um gnomo de jardim, balofinho, andar puladinho, cara cistosa empedrada, arremedo de barba, cabelo preto em carapinha, chegado à necrofilia, mal disfarçada em suspirinhos entrecortados repressores do mais fundo gozo.

Izaltino demorou-se, contemplou o corpo por mais um instante, com gemidinho surdo empunhou o bisturi, fez o corte em Y. A pele saltou, abriu-se em largo lanho. Ele descascou a traqueia; aprofundou o rasgo no peito, expôs coração, pulmões; abriu o abdômen, examinou o fígado, deteve-se no baço.

— Doutor Izaltino! Telefone! — gritou uma atendente, a cara varando a porta.

— Tou indo!

E, emporcalhando o avental, a esfregar nele o sangue das mãos, para Lizandro:

— Volto já. Vigia aí a moça.

Saiu, bisturi erguido, balouçante periscópio, ensanguentado símbolo fálico.

Lizandro apalpou uma víscera, outra, deteve-se

também no baço. Tinha um aspecto que... O antebraço apetitoso da falecida dava-lhe à altura da virilha. Esquecido o baço, Lizandro nele se perdeu, nele a se roçar, despudorado cãozinho de madame. Cerrou os olhos, o cheiro, formol, aroma adocicado da morte, estava quase chegando lá quando...

— Me ajuda aqui! Rápido!

Izaltino, esbaforido, debruçou-se sobre o cadáver.

— A costurar! Me ajuda!

— Mas...

O berro:

— Não discute, porra!

Intestino, coração, fígado, de cambulhão, sobre eles as costelas. Lizandro se demorou nos pequenos mamilos dos pequeninos seios. Izaltino, exangue, vela em enterro de viúva, ruminava ameaças feitas, retaliações, medo, as mãos trêmulas, sofredor do toque do tinhoso. Sofrera, ele.

No Tan-tan

— Sofreu mesmo? — perguntou o Detetive.

Lizandro puxou longa pitada do cigarrinho. *Filtro amarelo. Prefiro sem. Mas cadê?* Seis meses depois, seria internado na UTI da Nossa Senhora do Carmo. Bronquiectasia pulmonar aguda. Agravante: excesso de nicotina. Entubado. Cinco anos mais tarde, morte na mesma... enfisema pulmonar. Penosa, esfuziante agonia. Derradeiro pedido: uma última tragadinha.

E o Detetive, encarando-o direto nos olhos:

— Foi?

— Já lhe disse.

— Diz de novo.

Seis da tarde, tomavam cerveja de pé no balcão do Tan-tan, barraca chulé, na esquina da Engenheiro Trindade, ao lado do edifício do antigo BEMGE, e debaixo do consultório de Lizandro. Especializado em gastrenterologia, no segundo andar. Amigos, ele e o Detetive, ali bebiam, comiam tira-gosto, disputavam a despesa na porrinha.

— Repito: diz de novo.

— Não me lembro...

— Não?

— Faz tanto tempo...

— Oito meses.

— Pois é.

— Não tanto assim. Você era residente. No IML.

— Bom...

— Tás me escondendo o quê?

— Eu?!

— Não. O Exu de Varginha.

— Escuta... você é detetive... policial...

— Também amigo.

— ... encarregado desse bendito caso.

— Que caso?

— Ora, o da...

— Da garota? Não existe nenhum caso.

— Ah, aí é que está.

— Droga! O quê?

— Tá, eu digo. Mas você vai prometer...

— Prometo.

— ...não me envolver.

— No quê?

— Garante que não me envolve.

— Tá legal, tá legal.

— O baço.

— Baço?!

— Lesionado.

— Estava?

— Seriamente.

— Daí?

— Hemorragia interna.

— Daí?

— Trauma. Violento.

— Causa da morte?

— Hun, hun.

— Bom...

— Só que no laudo...

— Do IML?

— Assinado pelo Dr. Izaltino...

— Qué que tem?

— ...morte natural!

— *Causa mortis?*

— Isso aí.

— Depois do telefonema?

— Fechamos o cadáver às pressas.

— Ora...

E Evandro, de súbito à frente deles:

— Escondia alguma coisa. O Dr. Izaltino.

— Hein? — fez o Detetive, num susto, voltando-se para ele. Irritante como o diabo, imperdoável alguém se meter em conversa alheia. Preparou-se para... mas o sujeito era simpático, velhote bem posto, sorriso cativante. E não de todo desconhecido. Sabia-o editor do *Clarim*, estivera algumas vezes no distrito à cata de novidades sobre o caso Regina.

— Não mais — disse ele, sem deixar de sorrir.

— Agora coisa particular. Levanto material para... bom, um livro. Pretendo. Sabe, sou escritor e...

A última frase saiu-lhe com indisfarçável orgulho, como se um escritor estivesse acima de... A verdade é que na imprensa local não mais qualquer notícia sobre o caso, como se...

— Acertos — e Evandro tomou um gole de cerveja. Leve pausa. — O Dr. Oscar, da rede de clínicas, sabe?

Sabia, o Detetive sabia. Difícil apenas imaginar o Dr. Oscar envolvido com um Pastor milagreiro apenas para encobrir...

Evandro voltou a sorrir. Completou:

— Coisa muito mais grave.

O Detetive meio aturdido, Evandro, firme:

— Disso ando atrás. Quero descobrir.

O Detetive se voltou para Lizandro:

— Você pode ajudar. Não pode?

— A quê?

— Ora... ele acaba de dizer.

— Quem?

— Ele.

— Ele quem?

— Não está vendo?

E o Detetive tornou na direção de Evandro. Não havia mais ninguém.

Lizandro insistiu:

— Quem?

O Detetive:

— Estava aqui. Não viu?

Lizandro, já impaciente:

— Bolas! Quem? Quem?

Em casa

Eu era um bêbado,
vivia drogado.
Hoje estou curado,
encontrei Jesus.

Na casa do Senhor
não existe Satanás.
Xô-xô, Satanás
Xô-xô, Satanás.

O Detetive não tinha nem fazia tratos com o além. Por isso, pejado de assombros é que se foi para casa. Assombro que só se agravou porque, no quarto, quase a conciliar o sono, sentiu pesada figura fantasmal a rondá-lo. A espinha se lhe crispou. Mas, se não havia tratos, de onde lhe vinha tamanho medo? De Evandro medo não sentira. Isto porque o tivera de fato à sua frente. Mas por que Lizando não o vira? Ou se tratava de delírio ou... Diabo, insaciáveis, sorvedouro as coisas do além. Como um rio. Fluem as águas, jamais as mesmas, impossível represá-las. Assim a vida. Estancá-la com crenças, pecados, culpas, um Deus para nos nortear. Possível? Ou *Deus ex machina* surgido no finalzinho derradeiro momento terceiro ato a todos engolir na escancarada bocarra da arreganhada imortalidade. E ruminá-los e depositá-los de novo depois para o reinício do primeiro do segundo do terceiro infindáveis atos. Buraco negro?

Coçou a ponta do nariz. Ora, ora, muito melhor descer à terra, pés plantados, fincadinhos no chão. O passado, já percorrido, sem mistérios, não mais culpas. O futuro, bem, prudente deixá-lo aprisionar por espíritos mais palpáveis por exemplo que o impalpável taumaturgo do Pastor, turvo em práticas e teorias, pau mandado do Dr. Oscar. Este, sim, talvez o espírito que... Pois não tinha manietado jornalistas, titereado o Pastor, e depois se tornado beneficiário de ilusão tão grande quanto promover ressurreições, novo Cristo, sua clínica a gruta sagrada, faiscante local de nascedouros eternos mistérios? Sabia montar patranhas o Dr. Oscar. Isto se lhe reconheça. Aquele jeito vaselinado, olhar de quem não quer nada, peixe morto, no interrogatório ofereceu-lhe charutos cubanos.

— Romeu e Julieta. Conhece?

Amesquinhá-lo. Queria. Como se já não se tivesse a ele comparado: os sapatos, a calça, a camisa. Compradas a prestação, no Shopping Passeio, na Rua Viúva Dantas. Enquanto as de Oscar... Grife. Importadas. E as unhas, esmalte incolor, creme antirrugas, shampoo a lhe amaciar o pixaim, aspecto de neném, de recém-saído do banho. Raiva, vontade de implicá–lo fundamente. Mas havia recomendações, o Delegado a expressar cuidados, a vigiá-lo pelo desvão da porta. Mil jogos do poder.

Consciente das diferenças. Perfeitamente, sim senhor. Mas onde as sutilezas de um Deus falsamente ausente, onisciente, isto sim, conhecedor de nossas mais íntimas tricas e futricas?

Nem Salu, nem a morta, nem a enteada, nem Amelinha (*como se portaria Amelinha com seus furores uterinos na posição de... gostoso pensar naquilo, gostoso pensar em sua cara, seus esgares de gozo às voltas com tamanhos insondáveis poderes*) nenhum deles conseguia ver como...

Com a grande, nobre exceção de Evandro. O escritor, arquiteto fazedor de reis. Todos, todos eles possuídos, plenos do espírito de Evandro, coisas e loisas inclusive, melindradas criadas por ele. E a joia da coroa: no último andar, balouçante balaustrada à beira do abismo, a inefável ilusão de donos, mantenedores de seu rombudo nariz bem no meio da cara posto. Na verdade, cupinchas de uma cupincharia esvoaçante, aves de arribação, nuvens a caminhar, corcovas de ovelhinhas para o mais rubro tártaro.

E ele? O douto articulado metediço detetive na 33º DP orgulhosamente lotado? Também joguete? Ora, se não de Evandro, de outras...

E ele se deitou na cama, mãos cruzadas na nuca, olhar grudado no guarda-roupa, a figura atrás dele escondida. Disso tinha certeza. Não mais qualquer medo. Antes curiosidade. Quem seria? Talvez o próprio Evandro. A testá-lo.

Não muito difícil ajeitar as coisas, como se vê. Afinal, muito poucas divergências. Mais os pontos em comum. O principal: ambos, à semelhança de um emborrachado Edgar Allan Poe a enovelar segredos e mistérios nos sótãos dos antigos sobrados da Augusto de Vasconcelos. Com a significância de que ele logo teve sua cota, seu sanguinolento batismo.

E por ter o Delegado prendido o irmão mais moço de um traficante, mostrou empenho em obter deste o paradeiro daquele.

Tão grande foi o silêncio que teve como resposta e tão grande foi o ardor em quebrá-lo que logo estava o moço cegado de um olho, e ambas as pernas e um braço inutilizado.

E porque mesmo assim persistisse em seu mu-

tismo, o Delegado encharcou-lhe o corpo de gasoli-
na e sobre a dita gasolina varejou um fósforo.
    Sobrevieram as chamas, que ao moço puse-
ram-se a consumir com soturno crepitar, em meio
a urros desesperados e ao sufocante odor da carne
a se derreter.

    Duvide-o-dó um dia o Evandro ter sentido aque-
le cheirinho. Seis meses sem conseguir comer bife acebolado. Não. Estaria imune àquilo. Entregue a tarefas
mais filigranadas. Por exemplo: agigantar os fatos, mas
encobrir-lhes as razões. Não foi o feito com o telefonema recebido pelo legista? Pois então? Quedavam suspei-
tas, vagas, tudo no ar, impreciso. Ah, a ambivalência dos
deuses.
    Engraçado como agora se punha aquilo a ele.
Sem sentimentos outros. Imagine. Sem sequer levar em
conta ser o homem o maior invejador de Deus. Criatura
versus criador. Eis a perda do paraíso. Eis aí. Sim, senhor.
    Ruídos detrás do guarda-roupa. Altos, avolu-
maram-se. Logo saltou à sua frente imponente figura.
Embora coberta por brumas e heras, era enorme, a respiração tão pesada que se podia sentir-lhe os haustos.
O Detetive diante dela, transido Hamlet suburbano
apequenado diante de vetustíssimos bigodes reais. Di-
namarqueses. Não ostentava bigodes, no entanto, assim
como não era homem, sua figura a se pôr cada vez mais
nítida, a se adelgaçar, uma Ofélia tirada das águas, um
sapo na mão direita, uma pererreca na esquerda.
    Ele, tomando coragem:
— Quem é você?
— Ora, ora...
— Quem?

— Então não vê?

— Quem?

Num sorriso:

— Uma sombra.

— De quem?

— De quem você quiser.

— Como?!

— Escolha.

— Mas...

— Sem mais tardanças. Sem mais.

Ele mudo, enquanto ela, impaciente:

— Então escolho eu. Escolho eu.

Fez arabescos no ar, transfigurou-se. Em Inês. Aguardando por Oscar. Alta, loura, olhos grandões, verdíssimos, uma Anita Ekberg molhadinha, saída da Fontana de Trevi. Vestia uniforme da Escola Normal Sarah Kubitschek. Estava no quarto de um chalezinho miúdo, discreto, num bairro afastado do centro de Campo Grande.

— Nosso ninho! — dissera Oscar, quando a levara ali pela primeira vez, ela com quinze anos. Estonteada, caminhou pela sala, o quarto, demorou-se à janela, olhando os gerânios no jardinzinho.

Desde quando se casou com Regina, Inês então com doze anos, Oscar só teve suspiros por ela. Nas horas de sexo com Regina, fingia ardores, que sentia apenas quando via nela o corpo de Inês, imaginava-a a criança que dormia no quarto ao lado.

— Tara, rapaz! Cruz credo! — dizia Eraldo, o amigo, toda vez que Oscar lhe confidenciava os mais íntimos...

— Porque você ainda não viu. Uma tentação, cara! Aliás, mais que isso. Muito mais! — suspirava grosso Oscar. E completava:

— Enlouquece qualquer um! Qualquer um!

— Com treze aninhos?!

— Doze! Doze gloriosos aninhos! — corrigia Oscar, quase num berro.

Era filha única, o pai, primeiro marido de Regina, morto em banalíssimo acidente de trânsito, num lugar de pacatez invejável: o centro de Vassouras. Aliás, era ali que o falecido mantinha, junto com Regina, enfermeira formada, pequeno laboratório de análises. Oscar comprou o laboratório, levou de lambuja a viúva e de presente a filha da viúva.

— Presente do diabo! — resmungou Eraldo, no dia em que a entreviu, de longe, saindo do Colégio Afonso Celso, vestidinha de uniforme azul e branco, saia plissada, as pernas entrevistas em suas dobras, engrossando-se, os seios a apontar na blusinha branca de mangas curtas.

Eraldo, um fauno de galocha e óculos de aros de ouro, mulato puxado para o branco azedo, cabelo rareando nas frontes, baixinho, os lábios grossos, o inferior uma ofensa, que ele umedeceu até ficar reluzente para repetir:

— Nunca pensei, cara! Nunca pensei! E olha que não sou chegado à pedofilia.

Oscar se ofendeu:

— E eu lá sou algum pedófilo? Responde! Sou?

Ora, ora e assim falava o senhor de todos nós, o novo grão-vizir do Campo Grande. Mais um. Este também fero capitão do mato. Confrontá-lo, quem havia de? Manietador. Assim pensava. De todos? De Eraldo, com certeza. Gerente da agência do Bradesco na Augusto de Vasconcelos, Oscar lá mantinha conta. Gordíssima.

— Sou? — insistiu.

Eraldo sorriu amarelo, murchou. Sabujo. Piolho de rico. Assim era. E assim continuaria. *Ad aeternum.* Seu destino. Fez-se amigo de Oscar por inveja. Comer--lhe as migalhas pendentes da mesa farta, um banquete. De lamber os beiços. Conhecer-lhe a intimidade, em sonhos compartilhar o leito com suas conquistas. Oh, oh, imperdoável deixar escapar aquela frase! *Mea culpa! Mea culpa!* E Eraldo curvou de vez a cerviz, até o chão, sem limite, perdido, perdido, a balbuciar:

— Não... de jeito nenhum... ora...

Meses depois, alugou em seu nome, a pedido de Oscar (Me dá cobertura aí, cara. Mas olha, bico calado, senão...), o tal chalezinho. Mais: foi encarregado de cuidar de todos os detalhes. Por detalhes, entenda-se: reformar o imóvel, comprar o que fosse necessário, enfim, deixar tudo prontinho para o dia em que...

Mas vingava-se, o Judas do Eraldo. Miúdas poções de veneno aqui e ali traziam-lhe indizível prazer: tintas de segunda para as paredes; móveis cafonas (cadeiras de palhinha mambembes compradas num brechó da Prof. Castilhos faziam as vezes de peças raras roubadas dos deixados dos Breves, barões do café de Mangaratiba); prataria de origem duvidosa; louça do banheiro com lascas disfarçadas pela tinta vitrificada. Bidê? Nem pensar (Saiu em *Caras*, ninguém mais usa).

Divinas mesquinharias. Besuntava-se, babava--se delas. Ah, tão pequena alma! Cabia num punho fechado. Era o que ostentava contra Oscar. Ou pensava que. Até o momento em que se viu frente a frente com Inês, na casa de Oscar, apresentada pela mãe. Foi uma alumiação — as orelhas do apóstolo Paulo puxadas por Javé; Alá a abençoar o piupiu incircunciso de Maomé;

Buda a acabar-se de arrotinhos tremelicados, coçando a pança com o fura-bolo da mão esquerda.

A partir desse dia, terminado o expediente no banco, corria para o chalezinho. Inês a esperá-lo, caia em seus braços, afogueados arrastavam-se pelos cômodos, desnudando-se, roçando-se enlouquecidos deixavam-se perder nos alvos lençóis nos quais ele não se cansava de ver a mancha rubra da virgindade que ela em gozos lhe entregava.

> *Oscar, Oscar,*
> *cruel devasso.*
> *Quixote posso ser,*
> *mas faço de meu amor*
> *ferro do mais fero aço.*
> *E com ele cortarei,*
> *no santo nome do Senhor,*
> *seu torpe passo.*

Capítulo VI

Das congruências e incongruências

— Não, não... magine! Não tou aborrecida porque você não foi no enterro, não. Pode ter certeza. Olha, quer saber? Se pudesse, eu também não ia. Não ia mesmo. Pode rir à vontade. Não é brincadeira, não. Sabe, a morte dele foi um alívio. Um ano, um ano inteirinho do maior sofrimento. Não, não, meu e dele. Quer dizer, no final só meu, porque ele já tava apagadão, não tinha mais consciência de nada. Eu, eu que fazia tudo. Enfermeira?! Cuidadora?! Com que dinheiro, minha filha? O Heitor sempre foi um sossegadão. Sonso. Você nem faz ideia. Pensava que era eterno. Plano de saúde? Muito vagabundo. Não cobriu a cirurgia, não cobriu a internação. O médico só fez abrir e fechar. Avisou: seis meses de vida. Ele até que durou muito. É... isso. Uma dívida em cima da outra. Já disse, já disse, eu cuidando de tudo. Reservas?! Que reservas, minha amiga? A gente quase perdeu tudo, a casa, tudo. Logo eu, que nunca soube fazer nada. Culpado. Isso. O Heitor. Ele nunca deixou. Mal e porcamente eu pagava as contas no banco. Isso... isso... quando ele deixava, quando ficava preso no trabalho. É... às vezes no distrito as coisas se complicavam... quer dizer, ele não comentava nada comigo... eu é que tou imaginando. Ah, pode acreditar. Mudanças na política... cobranças da mídia... televisão, jornais, um inferno. Ah, bem... é... Isso Campo Grande tem de bom... pouco destaque. Não, isso foi quando prenderam o Jerominho... é... milícias... um inferno. Ele já era titular. Não, não, esse é outro. Esse é o caso Regina. É... duas mortes... a filha e a mãe. Gente importante. A mãe se suicidou na beira do túmulo da filha. Um horror. Uma agonia até acharem o corpo. É, assassinada foi a filha. Não. Ninguém, até hoje. Aliás, não se sabe nem se foi mesmo assassinato. Ah, nem fala, minha amiga, nem fala. Esse bendito caso foi um inferno pra mim. O princípio e o fim. Aliás, pra dizer a verdade, nem sei ao certo se já terminou. Por causa dele a Amelinha... pera, pera, calma que eu já te conto. Tinha um detetive... é... tava cuidando do caso. Ele e a Amelinha se namoravam. É, parece que coisa séria. Mas eu não sei o que ele andou fazendo, não sei se ele se meteu com quem não devia... o Heitor sempre mudo... um peixe... nunca comentou nada. É... ou foi isso ou o rapaz ficou maluco.

— Maluco?

— De pedra.

— Ora essa, por quê?

— Vivia falando num *Deus ex machina*.

— Deus o quê?

— *Ex machina*.

— Que diabo de deus é esse?

— Eu é que sei?

— Ele era espírita?

— Não.

— Macumbeiro?

— Também não.

— Ah, minha filha... então...

— Por isso o Heitor foi obrigado a transferi-lo pra outro distrito. Então a Amelinha brigou com o pai e...

— Brigou?

— ...e começou o meu tormento.

— Tormento, é?

— Olha, sabe como o Heitor era apegado a ela. Pois, imagina, quando ele transferiu o tal rapaz ela foi-se embora com ele e nunca mais deu notícia. É... pra você ver. Hoje em dia, qué que se pode esperar dos filhos? Heitor começou a ficar tristinho, a definhar... daí praquela doença... foi um pulo... e... não, ele não quis botar ninguém atrás deles, não. Como delegado podia muito bem, mas não quis... orgulho, sei lá. Só sei que depois disso... Maldito esse tal caso Regina... maldito... olha, se a Amelinha aparecesse no enterro, eu nem sei o que é que eu...

Sete ais
De como deliberaram os dois amantes
abandonar tudo e viver seu grande amor

— *Por favor, Natalia Flores! No llores, que me pongo loco.*

— *Por mi, Juan Miguel?*

— *Si, si, por ti, mi amor. Mi vida. Mi todo.*

— *¿Pero y Isabel Constancia? ¿Tu novia, mi hermana?*

— *¡Oh, oh! No hables! Déjame besarla. Mucho, mucho.*

— *¡Oh, oh!*
— *¡Ah, ah!*
— *Te quiero. Mucho. Mucho.*
— *No digas eso.*
— *Si, si. Te quiero. Te quiero.*
—*Yo también. ¡Oh, ah!*

Ah, santos mártires mortos moribundos deixados à míngua minguando miraflores. "Ó, crentes infelizes! Quantos cadáveres vemos cobrindo as vielas? Quanto sangue cristão vemos entre vocês?", assim pregavam os pregadores, diziam tais coisas do púlpito, mas os corações dos fiéis não abrandavam em sua santa fé, não se apequenavam em iniquidades, não se compraziam nas fugazes luzes dos vícios, vitríolos para suas puríssimas almas. Oh! Santa retidão! Adivinhariam acaso seu futuro de mártires, seu terrenal destino de cordeiros do Senhor a ele sacrificados santos sanguinolentos ensanguentados? Ah, Senhor, Senhor! As trevas penetraram pelas frinchas das janelas, pelos vãos das portas, derramaram-se pelo templo, a todos emporcalharam, os diabinhos à frente do grande Satã, a aplainar-lhe o caminho, a fazê-lo dominar as mulheres, às crianças submeter. E aos homens disseram que para libertá-las bastar-lhes-ia abjurar do Senhor, aceitar ao Tinhoso como seu deus único e poderoso. Riram-se os homens, escarneceram do coisa ruim. Insistiu Satanás e sua falange por três vezes e por três vezes os homens os renegaram. Espelhos estilhaçaram-se, suas pontas afiadas as carnes dilaceraram, almas estremeceram, em vão buscaram abrigos inalcançáveis. Um menino se perdeu no deserto, suas pegadas, os chacais o devoraram, suas entranhas se esparramaram pela areia e em ferro e sangue se transformaram. E os gritos ecoaram pelas paredes, do sangue dos fiéis elas se tingiram, as águas se turvaram do vermelho das almas dos crentes e foram cobertas pelo entulho em que o templo se transformou. Satanás tinha se vingado.

Ode a Inês

Oh, deusa,
que meus sonhos encanta,
que minha voz alevanta,
que meus pesares
acalanta.
Por que de mim foges
como o Flit foge da planta?
Persigo-a por mares,
selvas, ruas, ruelas, avenidas,
despenhadeiros.
Em vão.
Apenas seu passo dentro de mim
ecoa,
delicado, sonoro, prazeroso
rugir de uma leoa.
Para onde vai você com esse andar,
doce triquetraque,
sílfide, larva, borboleta,
meio menina, meio mulher,
estátua de bricabraque?
Por vezes, enfarado,
penso que você não existe.
É bem-te-vi sem alpiste,
vaga ao léu, fantasma no povaréu,

lobisomem, sinistra figura
que se compraz
em sufocar minh'alma,
criador esganando a criatura.
Enfim, assim vou levando
essa vida infamante,
nunca amado, jamais amante,
sofrendo dor lancinante,
como se tivesse que ingerir,
dia e noite, noite e dia,
um horroroso purgante.

Inês recebeu essa poesia de mais um anônimo apaixonado?

Recebeu.

O que fez?

Escondeu-a junto ao camafeu, e aos guardados roubados de sua mãe. Constituíam seu único contato com o mundo de fadas e duendes que povoavam seu passado de nobre família tradicional do vale do Paraíba, de lá conquistadores e povoadores.

Orgulhava-se desses avoengos?

Não tanto quanto gostaria sua mãe, que preferia mil vezes vê-la presa entre as figuras desse ilustre passado do que ligada a tão espúria paixão. Por isso sofria tanto, mas tanto, que certo dia...

Alma penada

— Fui procurá-la. Queria ajudar.
— E ela?
— Não deixou.

— Ué, por quê?
— Ficou com vergonha.
— Do quê?
— De reconhecer.
— O quê?
— Seu amor.
— Pela Inês?
— Hun, hun.
— Bobagem. Sua filha.
— Não esse amor. Não esse.
— Peraí... peraí...
— Paixão. Descabelada. Vida ou morte.
— Pela própria filha!?
— Pela própria.
— Nãoãoão...
— Me escorraçou.
— Mas então... então...

Para se vingar da afronta, Alma Penada se disfarçou em Fada Madrinha e passou a velar os sonhos do virago Eraldo. Aos poucos, foi-lhes ateando fogo. Até que um belo dia incendiou-os de vez, quando revelou os segredos escondidos pela doce Inês, junto ao camafeu.

Pesada é a pedra, e a areia também; mas a ira do insensato é mais pesada do que elas ambas. Cruel é o furor, e impetuosa é a ira; mas quem pode resistir à inveja? Melhor é a repreensão aberta do que o amor encoberto. Fiéis são as feridas dum amigo; mas os beijos dum inimigo são enganosos. O que está farto despreza o favo de mel; mas para o faminto todo amargo é doce.

Capítulo VII

Pastelão

Cenário: quarto de Inês, no chalezinho

Ela, aos saltinhos, anda de um lado para outro. Veste blusinha leve, de alcinha, as pontas atadas na cintura. Short curtíssimo, apertadíssimo, jeans desbotado, as pudendas, traseiras, a lhe saltar, lindas, rechonchudas, árdegas, um feitiço de se olhar. Cabelo preso em farto rabo de cavalo. Rosto lavado, luminoso de dar raiva. Equilibra-se numa sandália plataforma, *a la* Carmem Miranda. Agitadinha, movimentos acelerados, tipo cinema mudo, abre as gavetas do criado-mudo, da cômoda, procura algo. Não encontra, leva a mãozinha ao queixo, graciosa, a revirar os olhinhos. Suspira. Remexe mais fundo uma das gavetas da cômoda. Encontrado o buscado, sorri, num biquinho. Esparrama os papéis sobre a cama, a lê-los, ora deitada de costas, ora de bruços, entre risinhos entrecortados, contente de invejar-se.

Num supetão, Eraldo surge à porta. Ui, ela grita gritinho assustado. Mais ainda ui, ui, vendo-lhe o desgrenhado do cabelo, o olhão vidrado, ar feroz de símio divorciado, respiração de fole chiador. De inopino, salta sobre ela, põe-se a lançar-lhe beijos babões alucinados pelo pescoço, pela face, E num ronco rouco:

— Tem que ser minha. Tem que ser.

Esperneia ela:

— Me solta, me deixa. Que isso, tio? — assim o tratava, ele íntimo de Oscar, dela, da casa, entrava e saía quando queria, vezes sem conta punha-se a conversar com ela, principalmente quando Oscar se atrasava ou simplesmente não aparecia, ela a depositar nele a confiança, a cumplicidade dos pecadores.

Ela, agora a voz débil, sufocada pelo peso dele:

— Me solta! Conto pra Oscar!

— Conto primeiro.

— Que está me atacando?

— Que você é infiel.

— Euuuu?!

— Que o trai.

— Euuuu?!

— Que tem namoradinhos. Amantes.

— Eu?! Eu?!

— Estas cartas, poesias... a prova.

— Não! Não!

Ele, a voz de súbito adocicada:

— Não precisa me amar... é só deixar... só deixar...

— Não, não!

Então ele, em fúria, um Exu com TPM, destroça-lhe a blusinha, o short. Salta-lhe à frente uma Inês nuinha (estava sem calcinha), o corpo a luzir, fosforescências, uma alucinação de se ver. Num repelão, ele se desfaz de suas próprias roupas, já prontinho para tê-la, quando:

— Hãn, hãn!

E Oscar, ao pé da cama, os olhos grudados nos dois, dá um risinho cínico, de canto de boca. Eraldo, num susto, encolhe-se no oco da cama.

— Ai! Graças a Deus! — e Inês cobre os olhos com a mão esquerda, o sexo com a direita.

— Eu posso explicar — balbucia Eraldo.

Oscar:

— Eu também.

Eraldo:

— Hein?

Oscar, num crescendo:

— Os móveis de segunda.

— Hein?!

— A pintura vagabunda.

— Hein?!

E num berro, tremendo garnisé com bronquite:

— O banheiro sem bidê!

— Oh! — exclama Inês.

— Foi a Fada Madrinha — balbucia Eraldo.

Inês, num espanto:

— Quem?!

Eraldo:

— Me apareceu.

Oscar:

— Eu sei.

— Sabe?

— Também apareceu pra mim.

— Me contou tudo.

— A mim também.

— Da Inês.

— De você.

— O que aconteceu e o que vai acontecer a ela.

— O que aconteceu e o que vai aconteceu a você.

Eraldo o encara:

— É mesmo?

— Hun, hun.

— Comigo?

— Hun, hun.

— Taí, queria saber. Pode me dizer?

— Posso coisa melhor.

— O quê?

— Mostrar.

— Ah, eu quero ver.

— Certeza?

— Me mostra, me mostra.

Oscar saca a arma, dá-lhe cinco tiros. Histérica, Inês só faz gritar:

— O que foi que você fez? O que foi?

Ele volta a arma em sua direção, ela esbugalha os olhos, ele, o revólver travado na mão, golpeia-a na barriga, no fígado, no baço, uma porção de vezes, até que ela, retorcendo-se de dor, queda-se na cama, inerte. A gritar:

— Não sei por que não te mato duma vez, não sei — ele sai, o ar desvairado.

Capangas entram, num segundo levam o corpo de Eraldo, limpam tudo. Pausa longa. De repente, Inês sente mão suave, amorosa a pensar-lhe a testa, o rosto, os locais magoados. Abre os olhos.

— Mãe... me ajuda... tá doendo... muito...

Regina puxa-a contra si, acalenta-a, põe-se a niná-la como fazia quando ela era criancinha. Inês vai-se acalmando, cerra os olhos, como que adormece. Regina a estende na cama, fica durante longo tempo com os olhos perdidos no vazio. Depois, calma, os movimentos lentos, cuidados, pega o travesseiro, aperta-o contra o rosto da filha. Inês se debate. Logo, débil, aquieta-se. Regina se ergue, sai.

Acende-se um grande telão. Nele aparece a figura de Evandro. Olímpico, tem na face sorriso de serena, solene ironia, tão solene e serena quanto aquela que iluminou a face de Javé a dar uma banana para o filho, enquanto ele agonizava nos altos do Calvário.

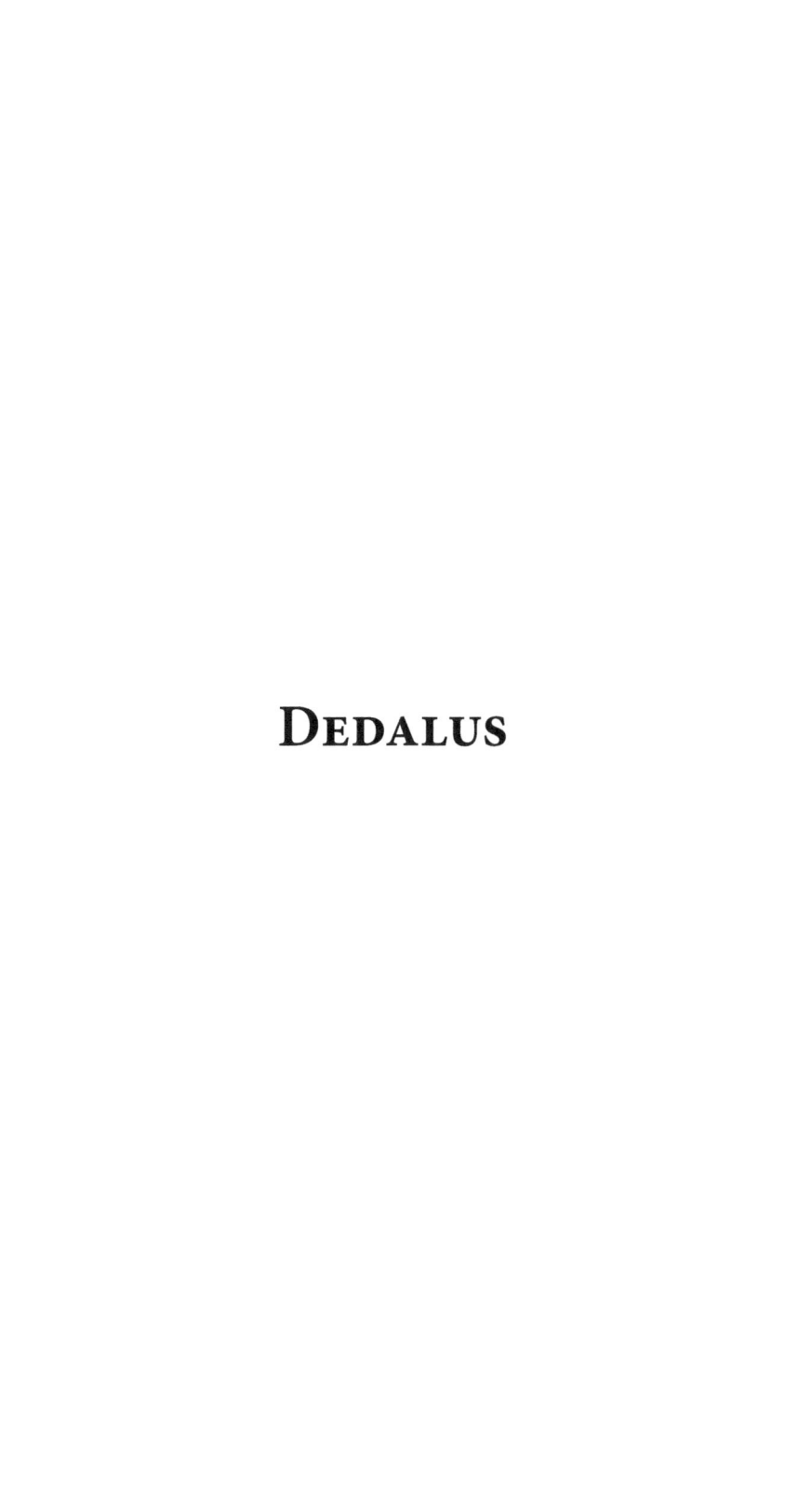

DEDALUS

Capítulo I

Clarinda olhou para ela, viu-lhe a aura. Estremeceu. Informe, cores pesadas. Morte certa. Olhou mais uma vez, caprichou, teve a confirmação: morte certíssima. Suspirou fundo, disfarçado risinho iluminou-lhe o rosto gorducho, quase fez-lhe estremecer a pança, o repolhudo corpanzil. Bem diferente de quando eram adolescentes. Ela e Gertrudes. Amigas íntimas. Aliás, mais que íntimas, quase irmãs, trocadoras de confidências, amores, dores, sorrisos, dissabores. Vizinhas, quase parede e meia, moravam na Rua da Feira, no Jardim Corcundinha. O pai de Clarinda, sargento, primeiro cornetim do Batalhão Vilagran Cabrita, em Santa Cruz, ganhou notoriedade com os versinhos:

D. João levava
franguinhos assadinhos,
escondidos
nos bolsinhos
do gibão.
Comia dez por dia,
o que lhe causava
agonia cruel,

caganeiras violentas,
dignas de Pantagruel.
Manera, D. João,
manera.
Vai com calma
no cocoricó.
Prefira eles
na canjinha,
na canjinha
da vovó. (bis)

Essa a primeira parte do samba-enredo do Grupo Recreativo Bloco Carnavalesco Chora na Rampa, que aquele ano vinha embalado com o enredo "Muito frango e carnaval na Corte Imperial". Apresentado à ala dos compositores, não foi aceito pela Comissão de Ética, que realçava "o talento inquebrável do autor, mas acontece que felizmente ele era açás desrespeitoso com a figura do maior imperador do mundo que já tivemos".

A verdade é que tinham embatucado no Pantagruel.

— Bando de ignorantes! — exclamava Ariel, pai de Gertrudes. Ele também sargento, com fumos de marxismo, desde o início se mostrara solidário contra tamanho ato de indesculpável, incomensurável censura. Ainda mais, imagine, em se tratando de Pantagruel, figura importantíssima, mártir do nascente marxismo nos finais do século XVIII, na cidade de Grant Leszno, alcantilada região da Patagônia Ocidental.

No caramanchão, nos fundos do quintal da casa de Clarinda, as duas se encontravam toda tarde, quase todo santo dia. Clarinda era baixotinha, sotaque de pau de arara herdado dos avós, cabelos e olhos pretos, a cara da padroeira de Arapiraca. Gertrudes era alta, loura, valquíria de sorriso de ouro, porte de Rapunzel depois de cortar as tranças. Clarinda sôfrega sorvia-lhe os sorrisos, as piscadelas, o arfar, o sobe e desce dos seios pesadinhos, firmes, romãs madurinhas em flor. Invejava-a, ah, morria. Mais ainda quando ela se demorava em contar seus amores, as paixões que despertava, homens e mulheres, ai, ai: no quartel, enfileirados, davam um batalhão, do corneteiro ao capitão; no rendevu, deitadinhas, da puta menina à velha cafetina; no convento, rendidas ao Senhor, da irmã menor à madre superior.

A inveja de Clarinda era tão grande mas tão grande que ela não mais comia, não mais falava, não mais dormia. No leito, se retorcia. Quando afinal adormecia, um duende lhe aparecia. Arteiro, zombeteiro, dela troçava: "Dona Maricota, dona Maricotinha, como anda sua florzinha? Tadinha. Ninguém por ela se interessou. Então ela, de pura tristeza, para sempre murchou".

Foi quando João Batista apareceu. Belíssimo mocetão. Deixava as donzelas louquinhas, alvoroçadinhas, olhinhos revirados, molhadas, de orvalho orvalhadas. Foi assim que Clarinda se sentiu quando se viu por ele cortejada. Mas desconfiada. Muito.

— Do quê, bobinha? — perguntava ele, a voz forte, quente, os olhos azuis varando-a, ardor insuportável nas tardes ensolaradas do Corcundinha.

— Adivinha — respondia, a tentar ironias, a fugir de uma armadilha que sabia, não poderia suportar.

Ele (lábios de pêssego, bafo de cotovia, pele de ofídio recém trocada, dentes de matar de raiva qualquer banguela), enlaçando-a, a beijá-la:

— Não brinca assim, vá.

Ela, num amuo, afastando o rosto, bruta:

— Tou brincando, por acaso? Tou?

Ele se calou, o ar perdido, esgrimista paraplégico a tropeçar nos próprios cotocos. Mirou o vazio, ela com a certeza de que o havia tocado. Trêmula, rolinha em mão de criança, pôs-se a esperar, certa de que alguma coisa... então, uma lufada de vento, uma nuvem correndo no céu, o coração dela aos saltos, os olhos a perscrutá-lo, a lhe perceber as vibrações, a auréola, o casulo que o envolvia de repente a se transformar, algo estranho, um leviatã a se pôr nele, horripilante, onde o lindo moço fagueiro que... as cores, as cores a cegá-la, ele a patear, a avançar para ela, roncos surdos, prestes a sobre ela se abater, ah, as garras, as afiadas garras, oh, deus de olhos verdes, a maldade, a maldade, absoluta, oh, ah!

— Olhaí, vou ser honesto, tá bem?

Daí em diante, ela mal ouviu. Apenas entendeu o torpe, a mesquinhez, aproximara-se dela interessado em... Sem saber por que, era vilmente ignorado por Gertrudes. Ora, sendo as duas... Deus! Deus! Alcoviteira, velha coberta de escuros xailes a se perder pelas ruelas, nos desvãos da noite, condutora de... o que esperava dela, pão, pão, queijo, queijo. Isso. Pôs-se então a rir, num frouxo tão grande, mas tão grande que...

Sabes mentir
Hoje sei que tu sabes mentir
Um falso amor
Abrigaste em meu coração.

Sempre a iludir
Tu beijavas com afeição
Sempre a fingir
Uma falsa emoção.

Ele se alvoroçou, sem saber se se preocupava ou se também a rir se punha. Ela, por fim:

— Olha, eu aceito.

— Aceita?

— Vou lhe contar segredos que...

— Que?

— Na palma da mão. Você a terá.

— Mesmo?

— Mas...

— Mas?

— Quero uma noite de amor.

— Hein?!

— Inteirinha. Você vai me dar.

Enorme frouxo a ele agora envolveu. Sacudia-se, engasgava, dobrava-se em dois, as gargalhadas a espocar, afiados punhais a varar o coração dela, a retalhá-lo em mil e um pedacinhos, cães pondo-se em bruto alvoroço para devorá-los.

Os olhos dele eram duas ametistas, lilases, quase violetas, iguaizinhas às auras dos morcegos que à noitinha bordejavam as cercanias dos cemitérios, disputando o restinho de sangue dos defuntos mal encobertos pela terra às pressas afofada por coveiros cambaleantes de bêbados.

Então a mais doce ira a iluminou.
Ódio tão grande que a transformou.
Transformada, nova Gertrudes
nela incorporou.
Muito, muito mais bela que a anterior.
Maria, Maria pagã era agora,
pecadora como nunca fora outrora.
Marilyn Monroe ressuscitada,

divinamente drogada,
colhendo flores ao arrebol,
a cada nascer, a cada pôr do sol.
Pela mão o arrebatou, para o céu o levou.
Lá, entre nuvens, rosados querubins,
safadinhos serafins, a ele se entregou.
Com tal ardor que ele
em Gertrudes não mais pensou.
Do mais fundo gozo tomado,
por Clarinda a trocou
e se sentiu pelos deuses compensado.
Tão cegado ficou que sequer enxergou
o sorriso mefistofélico
que a face dela iluminou.
A verdade é que,
daquele momento em diante,
teve por ela o destino traçado.
E já que o tinha para sempre rendido,
caro devia ele pagar pelo crime
de a tanto humilhá-la ter-se atrevido.
Foi o que se deu.
Dela reles vassalo virou.
Em suas mãos passou a comer
o pão que o diabo amassou.

O pai de Gertrudes foi transferido para o interior, mudaram-se. Clarinda e João Batista se casaram logo depois. Durante quase vinte anos as duas não se viram. Até que um belo dia Gertrudes caiu do céu bem à sua frente. Agora ali estava, a aura carcomida, marcada pela morte, pela morte ansiada.

CAPÍTULO II

João Batista - Memorial

A submissão

Ofereci-me ao Senhor. Seu escravo. Teci-lhe loas ao alvorecer, nos baixios de Guaratiba, em meio a oferendas, rezarias ao Preto Velho, cantorias e petições a Iemanjá; à luz da lua, a rebrilhar em flores invisíveis, atrás das quais infantes à cata de amores se escondiam; ao sol, tépido, nas campinas da serra do Rio da Prata; nos sambaquis da barra, à meia-noite, quando de lá soam apelos desesperados dos silvícolas fugidos de feros lusos das naus recém desembarcados. E os gritos galegos de triunfo e agradecimento ao Divino Senhor alevantados.

Entre os brutos, o murumuxaua me acolheu, ofereceu-me beiju, bolinhos de caçave e indiazinhas virgens, cheirosinhas das águas dos igarapés acobertados por árvores centenárias.

Levaram-me de oca em oca, em meio ao alvoroço da criançada, à vista das velhas encurvadas, salamandras nuas e desdentadas ao sol pousadas.

E ele, o jovem grumete francês esquartejado. Tinha descido à terra da nau aportada na baía, a coberto dos rudes e tempestuosos ventos. Três companheiros com ele à cata de vitualhas na selva se embrenharam. Deles o moço se desgarrou, os brutos o apresaram.

— Vou te matar, porque os teus mataram muitos dos meus e também porque quero herdar tua força — e o carrasco vibrou-lhe na nuca golpe tal que lhe fez saltar os miolos.

Maritacas se alvoroçaram nos galhos das carnaubeiras. Às crianças serviram mingau feito dos intestinos e também para elas foram os miolos e a língua. A mim me estendeu uma das velhas um naco de carne.

Marinheiros gritaram no convés do galeão. Uma flecha flamejante o ar cruzou. Esperei um sinal do Senhor, mas a mim só me restou o rosnar das feras.

O bandeirante ao longe gritou que tinha encontrado esmeraldas. Aos montes. E morreu com os sonhos povoados de ametistas, aos pés das fortificações construídas em verde pelos selvagens.

Também meu sonho tinha a cor lilás, falsa esmeralda.

Por que Deus não me respondia, não falava comigo? Moribundo bandeirante, condenado a jamais transpor a paliçada bordejando as ocas? Filho de um deus pagão, eternamente a devorar seus sonhos, seus próprios filhos? Por um naco de carne?

As filhas

Levaram-lhe o caixão à cova, as quatro, pela alameda ensombrada. E quatro foram as lágrimas que verteram sobre a tumba. A coruja de olhos faiscantes alçou voo. Ah, o áspero roçar de suas asas, seu pio, ao entardecer, nas noites cheias de segredos.

Em noites assim é que ele entrava no quarto delas, elas nuas, desnudas, tênues fios de luz a velar-lhes o sexo, os seios. Náiades entontecidas se estilhaçavam contra as vidraças e seus restos iam dar à maré vazante. As luzes brilhavam nas fachadas dos casarões. Diabinhos assomavam às balaustradas. Cantavam:

Sassassaricando,
todo mundo leva a vida no arame.
Sassassaricando,
a viúva, o brotinho e a madame.
O velho na porta da Colombo
é um assombro,
sassaricando.

Virginia Lane de cartola e maiô Catalina rebolava-se. Getúlio, de ceroula roxa, babava-se, os dois no apartamento do último andar do hotelzinho discreto, ao lado do Carlos Gomes.

Núbia — ou Ísis, ou Afrodite, ou Iara? — a dele xodó, a preferida. Nascida em cálida, edulcorada enseada para os lados da Marambaia, descanso dos deuses, onde a água é azul, verde de se ver.

Ao viandante avisaram que nos arrabaldes da cidade figura infernal lhe proporia um enigma. Decifrado, viveria. Do contrário, ai, ai, toda a eternidade no fundo do mais sombrio Hades padeceria.

Para sempre
a deusa ele levaria.
Nunca mais
em seus braços,
entre abraços,

pequenina, aos afagos,
nas tardes de trovão,
a tremer, choro travado,
ele a teria.

— Eu só me casei, pai. Com o moço que eu amava.

Caminhava entre elas, cuidando não pisoteá-las, flores, louças, adormecidas, seu jardim, seu minúsculo jardim, ah, as folhas caídas, raízes recém saídas da forragem fofa, apenas aguardando o sol para se abrir.

— Ele, pai, o moço que roubou meu coração.

Núbia, a de pele alva, olhos amolecidos, verdeazulados, quando se punha tentadora, a mulher a ensombrar a menina, ambas, as duas, aputanhadas.

Aos dezoito anos, foi-me arrebatada. Foi morar em cidade estranha, conformada entre rochedos e penhascos. Numa casa avarandada, de vários andares, de vários sonhos, cada qual com um nome. Estranhos, como eram estranhos os nomes das ruas, das vielas, dos caminhos no fim dos quais, em insuspeito abrigo, mulheres desnudas se juntavam às sereias e punham-se ao sol a secar os cabelos. E a sonhar. Com amantes e amores. Impossíveis. Enquanto os pássaros e as crianças, à luz da lua, se alvoroçavam.

Pombinha branca, que está fazendo?
Lavando a louça pro casamento.
A louça é muita, sou vagarosa
Minha natureza é de preguiçosa.

Maçanico, maçanico
Maçanico do banhado

Quem não dança o maçanico
Não arruma namorado.

Timbales soaram. Meus ouvidos cegaram. Vieram os anjos, a trombeta, as muralhas ao fim e ao cabo em ruínas se transformaram.

— Pai, pai... eu me mudei... pra Campo Grande mesmo. Só isso.

Clarinda:

— Amor de paixão pela própria filha! Credo! Purgação!

— Oh! — exclamaram as restantes três irmãs, as mãozinhas levadas à boca, em esgares. De inveja, escárnio ou doce ódio?

Clarinda, agora o olhão grudado nele, olhão furador, de médium, de vidas futuras e passadas revelador. Dele segredos: servidor de imperadores, perseguidor de crentes, pendurados de ponta-cabeça em brutas forquilhas; chamuscados, saltitantes churrasquinhos, alegria de multidões, Coliseu; grão-vizir, senhor de califados, ceifador dos pintos dos abominadores de Alá; castelão por castelã aprisionada em castelo vizinho apaixonado, Vicente Celestino de armadura, elmo e lança, em rocim trepado, de pilequinho, à beira das muralhas a cantar:

Se tu queres ver a imensidão do céu e mar
Refletindo a prismatização da luz solar
Rasga o coração, vem te debruçar
Sobre a vastidão do meu penar.

Rasga-o, que hás de ver
Lá dentro a dor a soluçar
Sob o peso de uma cruz

De lágrimas chorar.

De novo as três irmãs e agora também Lucinda
aos esgares, carantonhas de nojo, ele condenado a vagar
pelos cômodos da casinha pequenina do Corcundinha,
a se perder no quartinho dos fundos, sufocado em meio
a guardados, trapos, à sujidade, à infinita quietude e
tristeza das coisas esquecidas.

Capítulo III

A vingança

— Fiquei sabendo que você... — e Gerturdes começa uma prosa cheia de coisas e loisas — ...é agora uma sensitiva, famosa... quem diria... desenvolveu a mediunidade, tem a casa cheia de consulentes... receita remédios, recebe a visita de um montão de vendedores de laboratório... bom, dá uma olhadinha em mim, me sossegue... nada me disseram os médicos... quer dizer, nada de mais sério... mas, sabe-se lá, seguro morreu de velho... além do mais... bem, fomos criadas praticamente juntas e...

Patatipatá. Clarinda sorri, ora, ora, o que afinal pretende ela agora, a forçar aproximações, falsas, todas, e sobre meus poderes então que saberá, morando tão longe, nós tão distantes, mas ela até afirmando (leve risinho, deslavada satisfação) que eu pretendo me candidatar, defender esse povo que... mas o que pensará, de verdade, que faço leilão do sofrimento, leilão de almas, de passagens para o paraíso, meia-entrada e tudo, ou angario contribuições de semeadores, com direito apenas ao purgatório, não, não há redenção sem chagas, minha querida, ora se.

Do quadro na parede (na sala, onde estão, uma canoa descendo um rio encachoeirado, dois remadores, remos estendidos, curva do rio, as águas correndo, correndo, os respingos, ah, o friozinho da água, o respingar nos cabelos de Clarinda, os remadores a sair do barco, encharcados, assim encharcados a molhar o chão da sala, param à frente de Gertrudes, empertigam-se e, em pose militar, a voz baixa, grave, solenes anacoretas à boca de profana ermida):

Allons enfants de la Patrie
Le jour de gloire est arrivé!
Contre nous de la tyrannie
L'étendard sanglant est levé
L'étendard sanglant est levé
Entendez-vous dans nos campagnes
Mugir ces féroces soldats?
Ils viennent jusque dans vos bras.
Égorger vos fils, vos compagnes!

Gravebundos, não desgrudam os olhos de Gertrudes. À esquerda dela, François. Alsaciano, meia idade, vermelho como um salame exposto ao sol, físico de campesino, boina de vilão da dança Apache, bigode hirsuto sobre a bocarra sempre escancarada, modelada por barba em ponta, a cabeça sempre pendida para a esquerda, um Popeye com torcicolo, sem espinafre e sem Olívia Palito.

Ao contrário dele, Pierre, à sua direita, em nada lembra um campônio. É alto, elegante, bigodinho fino, elétrico, um Jesus Cristo fagueiro, risonho, aliviado por se ver livre da condenação à cruz. Naquele momento, porém, parece carregar às costas todo o peso do Gólgota.

— Nosso comandante. Você! — diz François, voz de catacumba.

Pierre, acusador:

— Se lembra?

Ela empalidece, desvia os olhos, coça a ponta do nariz, enfia o dedão esquerdo na narina direita, à caça de inexistentes melequinhas.

François, mais soturno ainda:

— Nas barricadas. Paris. A Revolução. 1848.

Pierre:

— No Marais.

François, em catadupa:

— O socialismo, a igualdade, todos os homens com os mesmos direitos, sufrágio universal, os ideais de 89 ressuscitados.

Gertrudes resmunga:

— Sonhos. Só.

— Que você destruiu — e Pierre tem lágrimas nos olhos.

François, num berro:

— Você! Matou! A todos nós!

Gertrudes, agora forte, jovem insurreta, condutora de homens:

— Não acreditava mais na causa.

Pierre, as lágrimas a escorrer pelo rosto, a angústia de Cristo chamando Judas às falas:

— Precisava nos trair? Precisava?

Ela dá de ombros, desvia os olhos:

— Se não acreditava...

François, torturado:

— Matou a todos nós! Matou!

— Não matei ninguém.

Pierre, a voz surpreendentemente calma (ódio

EDUARDO BORSATO

contido, resignação?):

— Revelou nossa posição à Guarda Nacional, fugiu quando a luta estava mais acesa.

Gertrudes faz um gesto vago, dá um sorriso tipo Esfinge à beira do deserto:

— Ora...

François, a ponto de se atirar sobre ela:

— Protegida por Cavaignac, fugiu para a Bretanha. Morreu lá. Reencarnou em vários outros países. Perdemos seu rastro. Só agora é que...

Ela o interrompe:

— Atrás de mim tanto tempo?! Mais de cem anos! Aprisionados num quadro?!

Pierre, num cicio:

— Nossa maldição.

Ela arregala os olhos:

— Amaldiçoados?! Por Deus? Pelo Tinhoso?

Não respondem. Em vez, rodeiam-na, giram à sua volta, as mãos dadas, rude roda mortuária a rodeá-la. Entoam:

Santo Antonio pequenino
Taca fogo no paiol.
São Cristóvão crescidinho
Faz xixi no urinol.

Chuva grossa não me molha
Sereno quer me molhar.
A canoa virou
foi a marola do mar.
Se salvasse a sua vida
Da maldade ela ia largar.

De onde é que ela vem?
Onde é que ela mora?
Mora na mina de ouro
Onde o galo preto canta
Onde criança não chora.

Saltam sobre ela, cegados, súbito ódio velho de mais de século, François a enganchar-se em seu cangote, Pierre a imobilizar-lhe os braços, ela a se debater, ai, ai, ai, ui, ui, ui, gritinhos estrangulados, vãos, de galinha no cio, a diminuir ai, ui, até sumir de vez num gorgulhar, derradeiro estremeção.

A alma, branquela, barata descascada, se lhe escapa, cabeceia, ganha o teto, os dois a cercá-la, ela a lhes escapar com súbito repelão, através da porta rumando para o quintal, dando com as quatro filhas de Clarinda, crianças a cantar o de marré marré — Núbia, Natália, Nelita, Nicole. Revoluteia sobre elas até que, em alucinante descaída, incorpora-se em Núbia. A garota revira os olhinhos, dá fraco gemidinho, logo retoma as brincadeiras.

Na sala, aos pés de Clarinda, o corpo de Gertrudes jogado ao chão, cadáver gorducho, olhos arregalados, reviradinhos, a mirar pela janela dois urubus cruzando o céu.

Na parede, o quadro, os dois remadores nele de novo grudados, ao rio reincorporados, remos à mão, em meio à corrente agora mais revolta, mais borbulhante.

Capítulo IV

Na praia. Ele.

O rapazola do Brício Botelho admirava a moçoila tentadora Núbia Freire de Freitas. Todos, aliás. Como não? Tentadora, ela. Saída das águas. Acima de tudo. Salgadinha sereia. Ou Acalântis, a dos pássaros, deitada, no mar, perdida nas marolas de Sepetiba. Ou quem sabe estirpes outras, estepes, deusa de areias, túmulos úmidos, escurinho eterno das pirâmides, esfinges. Salgadinha, oh, Deus meu! Vontade de apertar. Sufocar. Lamber cada pingo, cada pingo cada pinguinho miudinho. Havia mulheres que... Nada além disso. Destino. Delas para os rapazes, acima de tudo os moços. Mistérios. O mesmo que abrir uma fímbria de seus vestidos, olhar o que lá... Afinal, que mistérios? A carne o primeiro selo. Os demais onde encontrá-los? Ou selos nenhuns, gozado imaginá-lo casado com ela. A banalidade do sexo à mão, disponível, da casa, camas por arrumar, crianças a estontear-se pelos corredores.

Nessa idade os homens todos tão impressionáveis. Mister indagar: onde a coragem de declarar-se? Elas se fazem inacessíveis. Eis o abecedário. Fogo fátuo. Custoso descobrir. Leva tempo. O danado do rapazola até muito bem-apessoado. Poderia dela servir-se, utilizá-la, de outras. Cadê a audácia? Grande lugar comum:

preciso viver primeiro. Mas que fazer? Aí a juventude já se foi e... babau, *adiós miruelas, adiós, adiós.*

Meio-dia. Sol a pino. Calorão. Má ideia ir à praia hora aquela. Ela que insistiu. Difícil adivinhar razões. Enfeitiçá-lo, visão saída das águas? Provavelmente. No escurinho do cinema, na varandinha da casa do Corcundinha, duas cadeiras juntinhas, lugar deles, não lhe permitia qualquer avanço além de beijos, árdegos, a maioria, mas só, *no más.* Agora, em pleno sol, expunha-se, biquíni cavadinho, miudinho, trejeitos. Descarada? Estranha, ela. Como entender? Cada passo medido, dança encantatória, trêfega. Quem ganhava o quê? Ele, nada. Só se fosse santo. E se, santo, arrebatado pela divindade. Mas que divindade? Com certeza aquela que não lhe faria pousar passarinhos ao ombro, à cabeça, às mãos. E cantar com graciosidade. Infinita. Ah, não. Não aquela. Pelo menos agora. Talvez, um dia, quando velho e enfermo fosse, a essa pedisse que humildemente o livrasse da mísera prisão da carne. Talvez.

Ela lhe tomou a mão, caminharam à borda da areia, miúdas ondas a se quebrar nela, a lhes molhar os pés. Encarou-a, ela sorria. Sorriso firme, alvar. Não, a ela não assaltavam tais dúvidas. Tinha a divindade bem assentada de seu lado direito, de seu lado esquerdo. E altares, e orações, e hinos. Hinário completo decoradinho guardadinho tudo em seu coração e mente. Desde criancinha, lá, de pés fincados. Disso bem cuidara a velha bisca da velha mãe. Ah, escolara-a. No centro Espírita Luz e Verdade, imóvel de propriedade da Confederação Espírita do Brasil, cedido em locação *ad eternum* a Clarinda Freire de Freitas Menezes, pela simbólica quantia de duzentos reais anuais, a vencer em parcelas iguais de 15 reais e cinquenta centavos todo dia trinta de cada mês, a partir da assinatura da presente.

Havia também o velho. João Batista. Não contava muito. Esquisito, esquivo passarinho com medo de voar. *Vivito pero no coleando.* Encontradiço em acanalhado pé sujo rente ao Centro, a empilecar-se com cachaça, a mordiscar mariolas.

E para ele, Brício, o que significava? O Centro? Labirinto ele ser. Luz e verdade, soturno, labirinto, almas nele a se alvoroçar a vagar entontecidas pelos corredores a fugir corredores em puro breu estonteadas a fugir monstro Minotauro hediondo Deus a acenar retorno à vida a ressurreição de novo a seus pés o vale de lágrimas, oh, horror, condenadas sem escolha a renascer eterno castigo eterno sempre e sempre renascer horror horror.

— Mãe, tenho medo da morte.

— Medo?

— Que me pelo.

— Não devia — pausa, quase sorrindo — o que a espera...

— O quê? O quê?

O sorriso da velha bisca da velha Clarinda era agora um espanto, acinte: de pessoa, gente já salva, conhecedora, manuseadora de todos os segredos do mundo do lado de cá do lado de lá e alhures, ora se. Estavam as duas no Centro, sete da noite, sete e meia hora da sessão, salão grandão com cadeiras, vazias, ainda ninguém, paredes azul desbotado, lugar menor do que se imaginava, menor que as pretensões da velha, esperava sempre lotá-lo de almas, fiéis, almas em fila enfileiradas aguardando para se incorporar, por enquanto só descendo incorporando no corpo de meia dúzia de médiuns, ela, é bom não se esquecer, a principal disso não abria mão é bom não se esquecer, monte de doentes, gente faminta, pedintes, todos pedintes e a filha, Núbia, a de olhos cativos, ouviu-a falar das maravilhas que por ela aguardavam, empós o passamento. Favos prenhes de mel a pender de frutos dourados, em galhos de carvalhos envelhecidos de mil anos, invisíveis aos olhos dos conspurcados não reabilitados do pecado. O original. Gazelas opalinas a brilhar à luz do arcanjo, o portador do escudo caçador, para vir lamber-lhe as palmas das mãos, nós dos dedos com augustas línguas macias. Por entre nuvens claras como a primeira aurora ela caminharia. E clarão argênteo de cegar a guiaria por caminhos infinitos aos braços das almas irmãs, as que não trabalham, não fiam, não colhem mas reinam no reino dos céus...

— Céu, mãe? Vou direto pro céu?

...a aguardar, guardiãs eram, todas, uma só no início, multidão depois, que as almas vindouras careciam não responder aos apelos dos antigos tépidos ainda da carne a tentadora a pecadora. Era isto, sim senhor. Isso.

Núbia também sorriu e a velha, a boa da velha Clarinda estremeceu. Acabava de ver o riso de Gertrudes a ensombrear o riso cálido da filha. O dela, de Gertrudes, zombador, apontador de desvios, que seria da doce Núbia mas aí o bulício do salão que se pôs a encher, as pessoas a tomarem-no e a tomá-la, a Clarinda, e ela então a ...

Jogo feito, senhores: *Rien ne va plus*

...pregar para os crentes, mostrar-lhes as belezas, a verdade da ressurreição, tinha Clarinda claro que novelo estava enovelando? Ah, as artimanhas do poder.

A crença, uma delas. A maior. *Opium populi.* Poder =
Deus; Deus = poder. Horda de crentes aos pés da... Por
isso a velha da Clarinda pretendia à política se... Tinha
mesmo consciência de coisas essas? Vivida era, expe-
riente, sábia era. Esfinge, brincaria com todos? A iludi-
-los, a ele, Brício inclusive, principalmente. Ou, mais
prosaico, ínfima peça, ingênua peça de enredado jogo
jogado pela divindade. Mas que jogo? Que divindade a
se perder em apegos por ela, em lugar perdido, o que
ser Campo Grande? O que ser Nazaré e suas colinas,
no meio das areias, súbitas corredeiras, inimagináveis
oásis, ressuscitação uma da outra? Mistério. Mistérios.
Ao rapazola do Brício Botelho caberia desvendar algum
deles? Qual? Ou rolará pedra montanha acima, Ulisses
sem bússola, Poseidon a perdê-lo no mar, na minguada
baía de Sepetiba às 13 horas e 52 minutos de calorenta
segunda-feira, multiplicaria ele peixes ou afundaria o
barco do profeta, do Filho, destroços a serem descober-
tos séculos empós? Hein?

Na praia. Ela.

Assim que me viu, ele arregalou o olho, um zo-
lhão que só vendo. É, essa era a primeira vez que ele me
via de biquíni. Se eu fiz de propósito? Ah, não sei. Quer
dizer, a gente não faz essas coisas assim, desse jeito, né,
com intenção. Acontece, só isso. Só sei que comprei o
biquíni pra ele. Branquinho, lindão. Comprei naquele
shopping novo, do Cantagalo. Minha irmã, a Natália, é
que viu. Numa loja nova, muito bacaninha. Ela me levou
lá e eu fiquei apaixonada. Meu dinheiro não dava. Eu
ganhava uma miséria dando aula pras crianças no pri-

mário do Colégio Nova Esperança, do prof. Ennir. Coleginho mixuruca, mas foi o que mãe conseguiu arranjar pra mim. O prof. Ennir era crente do centro, médium que ela tava desenvolvendo. Vai daí que eu tive que pedir à mãe o dinheiro. O biquíni tão branquinho, tão bonitinho. Ficou melhor ainda quando vesti. Se ele ficou com ciúme? É, eu acho. Foi, sim. Foi ciúme. Tão gostoso. Ora, toda garota gosta. Me mostra uma que não. Eu fiquei toda prosa. Mais ainda com o que aconteceu depois. Foi o seguinte: mãe tinha feito um lanchinho, sanduíche, essas coisas. Colocou tudo numa cestinha e eu levei. Acontece que um vira-lata encontrou a cestinha que eu tinha encostado no tronco duma árvore e começou a comer tudo. Gritei pra espantar o cachorro. Uns rapazes que passavam começaram a mexer comigo por causa dos gritos e aí ele ficou uma fera comigo. Achou que eu era a culpada, que tinha gritado pra chamar a atenção deles, que tinha dado bola pra eles. Fechou a cara, fez um bico que só vendo. E eu por dentro morrendo de satisfação. Imagina, ele quase brigando por minha causa. Ficou lindão, uma gracinha, com aquela cara feia pra mim, achando que eu era a culpada. Bobinho. Será que ele não via que eu tava adorando? Não, não. Nada disso. Não fiz nada de propósito. Nunca fiz. Sempre fui muito honesta. Por quê? Ora... é, é isso. Queria me casar, sim. Com ele. Era moço, bonito. Rico? Morava numa casa muito bacana, na Cesário de Melo. Muito melhor que a nossa. Só o pai e a mãe. Ele era filho único. Me lembro da primeira vez que fui na casa dele. A Nicole, minha irmã mais moça, foi comigo. A gente tinha voz de contralto, cantamos pra ele e pros velhos:

Si Adelita se fuera con otro

la seguiría por tierra y por mar
si por mar en un buque de guerra
si por tierra en un tren militar.

Capítulo V

Matinê

Do cinema do Vitorino, na Rua Campo Grande. Matinê de domingo. Quinzena de filmes e documentários antigos. Carlitos, "Em busca do ouro". Pathé News. Antes do filme principal. Segunda guerra mundial. Pearl Harbor. Americanos jururus. Japoneses eufóricos. O comandante japonês recita um poema:

> *No dia em que o sol brilha com a lua*
> *a flecha deixa o arco.*
> *Leva meu espírito em direção ao inimigo.*
> *Comigo estão centenas de milhões de almas.*
> *Meu povo do leste.*
> *Neste dia em que a lua brilha*
> *e o sol também brilha.*

Gritaria. Apupos. Vaias. A plateia vem abaixo. Do lado direito, os moços. À esquerda, as moças. Dentre elas, as quatro irmãs. Levantam suspiros. Olhos pidões. Felizardos os sentados ao seu lado. Ao redor. Desafios à carranca da velha Clarinda.

No quarto, antes da matinê, Núbia e as irmãs.
— Me dá o ruge. O batom também.
— Vai passar?
— Hun, hun.
— Papai implica. Não gosta.
— Bobão.
— Principalmente você.
— Azar dele.
— Não fala assim.
— Mamãe vai com a gente.
— Saco.
— Ué, não vai todo domingo?
— Lástima.
— Na última sessão, me deram um beliscão.
— Onde?
— No braço, ora.
— Quem?
— Acho que o Zezinho.
— Da Dona Corina?
— O Bundinha?
— Por que acha?
— Não tem certeza?
— Naquela escuridão?
— Não é tanta assim.
— Bom, eu não vi. Pronto.
— Hun...
— Eles se revezam.
— Verdade?
— Pra sentar perto de você?!
— Ahã.
— Convencida!
— Nossa!
— Nunca vi!

— Tenho culpa, tenho?
— Daqui a pouco...
— O quê?
— Ora, o quê.
— Vai dizer que tem um monte de apaixonados.
— Pois tenho mesmo.
— Viu? Não disse?
— O mais bonito não tira os olhos de mim.
— Quem?
— Acha que eu vou dizer?
— Ah, então é invenção.
— Invenção?!
— Está mentindo.
— Olha bem pra mim.
— Olhei. Qué que tem?
— Tenho necessidade?
— Pois se não disser...
— É o Brício.
— Da Dona Aurora?!
— Hun, hun.
— Não acredito.
— Por quê? Inveja?
— Ih! Cada vez mais prosa!
— Sai pra lá, gabiroba!
— Princesinha?
— Ela pensa, né?
— Quem já queimou a língua nunca mais esquece de soprar a sopa.
— Tão enchendo, sabia? Todas vocês. As três.
— É? Pois então fique você sabendo: nós também despertamos paixões.
— De quem? Hun? De quem?
— Ora...

— Vou me casar com ele.

— Com o Brício?!

— Nãããããõ acredito.

— E se ele já tiver namorada?

— Não tem. Eu me informei.

— Com quem?

— Não interessa. Sei que está fazendo faculdade. Direito. A família é rica. Já viram a casa dele? Pois é. Ótimo partido.

— Será?

— E se não for?

— Ora, se não for...

Guerra do Pacífico. Floresta. Casamata japonesa. Lança-chamas americano. O soldado esguicha na casamata. Silêncio na plateia. Um tempo. O soldado esguicha de novo. Plateia em suspense. De repente sai soldado japonês pegando fogo labaredas sai saltitando frango chamuscado assado cabeceia estonteado entra floresta. A plateia vem abaixo. Ulula o Oscarzinho, da Ótica Garcia, veadinho miudinho, solfejador de hinos sacros na Igreja do Desterro; ulula o Nestor Peidorreiro, filho do Inácio da Padaria; ulula o Abelzinho, filho do pastor Vitorino, entra no cinema disfarçado de galinha d'Angola; ulula o Godô, vulgo Nestlé, garçom do Café Palheta; ulula o Bartô Punhetinha, filho do Zeca Zarolho, dono do aviário A Poedeira d'Ouro; ulula Jacinta Fernandes, a Cabeludinha, filha da costureira Devair Mercedes; ulula Esmeraldina, a Sem Peito, das Casas Eunice; ulula a Francenilde Bafo de Dragão, filha da Isaurinha Perneta; ulula Ermínia Arrotinho, filha da Gertrudes enfermeira; ulula a Madalena Coxinha, filha da professora Felipa Damasceno.

Só vendo
como é que dói.
Trabalhar em Madureira,
viajar na Cantareira
e morar em Niterói.

Pequenos dados biográficos

Das irmãs

Natália - A preferida de Núbia. Solteirona. Com curso prático de enfermagem, empregou-se em clínicas de fisioterapia. Algumas em Campo Grande mesmo, outras em Bangu. Com a idade, passou a sofrer de obesidade mórbida e artrose múltipla. Também ficou diabética e com crises cada vez mais frequentes de hipertensão. Desgostosa, passou a beber. Apaixonou-se por um garoto de programa chamado Nicodemo. Que, não aguentando mais suas seguidas cenas de ciúme, enforcou-a no pé da cama de colchão de molas rangedoras comprada em dez prestações de R$ 99,99 nas Casas Bahia. Nicodemo foi preso logo depois no boteco do Loreto, tomando cerveja Schin paga com o dinheiro da aposentadoria por tempo de serviço que tinha roubado de Nicole, na companhia de um michê portador de Síndrome de Down.

Nelita - Espanador da lua, arranjou um namorado que lhe dava pela cintura. Ava Gardner x Mickey Rooney. Ela, mais de 25 anos, medrosa titia ficar, apressou-se em com ele noivar. Noivado que quase gorou, causa incontrolável irrisão, na noite em que, em meio a variados amassos e beijos, voz babosa, olhão descaído,

ele: "Ai, amor, sabe o que eu mais queria agora? Sabe?"
Ela: "O que, bem? O quê?" "Dedilhar sua harpa." "Ué,
que harpa?" "A que você tem entre as pernas." Tiveram
quatro filhos. Três deles, com hemiplegia e espasticidade
caracterizada pela síndrome de Nhonnhol. Morreram,
todos, antes dos dez anos. O outro, baloeiro, assassina-
do por baloeiros rivais durante o resgate de um Boca
de Sete Sinos, no morro do Dendê. Tinha 21 anos. Era
motorista de vans piratas.

Nicole - A caçula, a cara do Guido Mantega.
Mas, poposudíssima, dadivosa. Conheceu os homens
do Cantagalo, do Cambota, de Paciência, Kosmos,
Inhoaíba, Augusto de Vasconcelos, Santíssimo, Cama-
rá, Bangu, Moça Bonita, Realengo, Magalhães Bastos,
Deodoro; e teria conhecido os de Madureira e Casca-
dura se não tivesse se apaixonado por um neobicha de
nome Edevaldo. Perdidamente. Para provar seu amor,
jurou não conhecer mais homem nenhum. Ao contrário dele, que conheceu os de Honório Gurgel, Brás de
Pina, Andaraí, Cavalcante, Silva Teles, Costa Barros, Pa-
vuna, Pilares, Cachambi, Inhaúma, Anil, Quintino, Vi-
digal. Sentindo-se incapaz de conter os furores uterinos
de Edevaldo, vendo nisso sinal infalível de sua própria
decadência, desesperou-se. Onde seu antigo poder, se-
dução, domínio, os homens hipnotizados, tantalizados
a um simples... oh, onde? O corpo, seu, culpado. Único.
Punição! Punição! Parou de comer. Pão, sopinha, rala,
água. Somente. Pelancas, faces encovadas, bunda frou-
xa. De popozuda a popozilda. Num pulo. Resultado:
em três tempos se findou. Um inhambu. No cemitério,
diante do cadáver, Clarinda, a mãe, não derramou uma
lágrima sequer. Pecadora. Pagará. Merecia. Previu: reen-
carnará no Chade. Tribo nômade. Criadores de gado,

etnia fulani. Aos oito anos: ablação do clitóris, golpes caprichados, gilete cega. Xoxota mutilada. *In aeternum. By*e gozo, adeus viola, *bye-bye* mariola.

Da plateia

Oscarzinho se casou com Francenilde Bafo de Dragão. Três vezes por semana, fazia um show na boate Paloma d'Or, na Estrada do Catonho. Drag Queen, atendia pelo codinome de "Petite, la Belle". Em suas ausências, Godô, o Nestlé, atendia Francenilde. Que estava grávida de 2 meses.

Quem será,
quem será
o paizão do filho
da Boca de Dragão?

Bartô Punhetinha, filho único, com a morte do pai herdou A Poedeira d'Ouro. Convidou Godô para trabalhar na seção de ovos caipira. Oscar levou com ele a Jacinta Fernandes, a Cabeludinha, que passou a ser caixeira no balcão de pintos frios. Uma tarde, a Bafo de Dragão entrou na loja, deu três tiros na Cabeludinha. No distrito, explicou ao delegado, Dr. Abelzinho, a razão de seu inusitado gesto: ciúme, porque Oscar era o pai do filho que ela trazia nas entranhas e ela não queria que... não conseguiu terminar porque entrou em trabalho de parto. Foi levada às pressas para a maternidade do Rocha Faria. Deu à luz a uma menina, mas acabou morrendo em meio a ingentes sofrimentos, ao fim de trinta e duas horas e cinquenta e três minutos de cruel agonia.

Sabedor do acontecido, Oscarzinho rasgou a fantasia de Drag Queen, saiu pela rua cheirando lança-perfume e dando gritinhos de acordar urubu: "Ei, você aí, me dá um dinheiro aí, me dá um dinheiro aí". Atirou-se debaixo do primeiro ônibus. Morte instantânea. O motorista do coletivo, conhecido como Nestor Peidorrero, preso, foi autuado. Acusação: homicídio culposo. No enterro do infeliz casal, Oscar foi consolado em sua dor por Madalena Coxinha. Quinze dias depois, passaram a morar juntos, com casa montada no Jardim Arnaldo Eugênio. A filha da Bafo de Dragão foi batizada pelas funcionárias do Conselho Tutelar. Recebeu o nome de Merien Alecssandra. Esmeraldina Sem Peito e Ermínia Arrotinho, unidas pelos laços indissolúveis da mais tórrida paixão homoafetiva, pretendem adotar a menina. E incutir nela os princípios politicamente corretos da lição de igualdade de gênero que estão dando a Campo Grande em particular, aos subúrbios da Central em geral, e, *tout court*, ao Brasil, à América Latina, à Nicaragua e à Louisiana.

Que el mundo fue y será una porquería
ya lo sé.
En el quinientos seis
y en el dos mil también.
Que siempre ha habido chorros,
maquiavelos y estafaos,
contentos y amargaos,
valores y dublé

Hoy resulta que es lo mismo
ser derecho que traidor.
Ignorante, sabio o chorro,

generoso o estafador.
Todo es igual.
Nada es mejor.
Lo mismo un burro
que un gran profesor.

Segunda Parte
A construção

A rainha

Penetrante, o cheiro. Dos chifres, dos cascos. Dos pelos sedosos, curtos, macios ao toque. Ele era o deus, eu a deusa. Não mais pecado, não mais culpa. Nada a seguir, nenhuma existência no passado, no futuro. Enfim a pureza. Enfim a verdade. Absolutas. Pelas manhãs saíamos, o rei, o palácio dormidos, apenas as sentinelas nas ameias a demorar o olhar sonolento, cúmplice, sobre nós. Perdíamo-nos nos campos de flores orvalhadas e ele se comprazia em se transformar, o deus, metamorfose, a conversar com os pássaros, as folhas, os pequeninos insetos, animais. Assim nos entregávamos. Ah, o prazer. O gozo. Infinito. O animal desvendado, o deus bem-aventurado.

Dedalus

Havia mistérios, segredos, a maioria não desvendados. Não se tratava apenas de fazer cálculos, debruçar-se sobre as planilhas, rabiscar números infinitos e depois confundir os conselheiros do rei nas detalhadas exposições por ele exigidas, todas as manhãs, semanas e semanas das dezenas de semanas pelas quais o trabalho já se alongava.

Em vista dos propósitos reais, tudo se revestia de outro caráter. O que o levava, ao construtor, a conceber existência autônoma, de inigualável beleza e perfeição aos números e formas geométricas. Concedendo-lhes vida, igualmente concedia-lhes alma. O que o conduzia à estranha e remota teoria de que as almas pairavam nessa perfeição até o momento em que eram destinadas a num ente incorporar.

E, viventes, pulsantes, guardavam inexauríveis memórias. Aos rios, às suas águas caberia represá-las: aos caudalosos, os gritos dos guerreiros, os gemidos dos moribundos; aos plácidos, o suspiro dos amantes, o choro dos felizes, a insensatez dos apaixonados.

Estas as coisas que, ao longo do tempo e à medida que o projeto avançava, conseguia entrever no rosto do monarca, em seus silêncios, no arabesco dos gestos, quando agitava as mãos para dar ênfase às palavras, a apontar para um pássaro que cruzava o céu ou para um peixe que dizia entrever nas águas da enseada à beira da qual o palácio se erguia.

Mandava chamá-lo pelas manhãzinhas. Caminhavam pelas alamedas do jardim fronteiro ao palácio. Belos lugares. Mas para ele estranhos, de formas inusitadas, talvez exemplos de construções que só existissem na imaginação do soberano e que ele de si por artes mágicas projetava, conferindo-lhes realidade. A realidade da grama na qual pisavam, das flores que tocavam, dos arabescos e arrebites do grande portal do palácio, incrustado nas muralhas de ocra avermelhada, das próprias muralhas, de seus limites, demarcados pelas areias da praia.

Contudo, mesmo o jardim, tão familiar, tinha-se alterado. Estava fora das muralhas, em plena praia, não mais do lado de dentro, ladeando o palácio. Em vez das acácias amarelas e rosadas, dos pequenos amarantos, das frésias arroxeadas e ainda por se abrir, nenúfares às dezenas no lago que, cortando as alamedas, atalhando os tortuosos desvãos por entre os caminhos ladeados de fícus, agora ocupava todo o centro do jardim.

Pescadores despejavam cestos de peixes na grama e eles lá ficavam, olhos esbugalhados, ventres brilhantes, a se debater. Ou eram levados para tendas que se espalhavam à frente do palácio, agora ele mesmo com outra forma, sem as torres de estreitas ameias, sem os guardiões que de olhos de águia e elmos argênteos atrás delas se esgueiravam.

Afinal, o que vejo é real
ou não passa de ilusão?
Se real, por que se modifica,
de um tigre a malha que se multiplica?

Era nele que a rainha ficava, servida por escravas núbias e eunucos trazidos adolescentes das tribos do norte. Da cor trigueira dos daquela região, tinham longas pernas, olhos amendoados. Deixavam o palácio somente quando mortos. Devido a antigo edito real, a eles não se lhes dava sepultura, os corpos levados para perdida e funérea ermida nos ermos da floresta e lá deixados, repasto de abutres.

Sob esse palácio havia outro, mergulhado nas águas, e que lhe servia de contrário, gigantesco contrapeso de gigantesco pêndulo. Suas entradas eram raras, secretas, conhecidas somente pelo rei e por mais raros ainda serviçais. Nele ficavam as trezentas concubinas reais. Esperavam, entre suspiros, veludos, entre coxins marchetados de finas peles, as que ele escolheria e, tomadas por risinhos alvoroçados, levaria para o aposento ao redor do qual entreviam-se peixes — os pequeninos, coloridos, graciosos; os enormes, bocarras escancaradas, monstruosos — a circundar a imensa abóbada envidraçada.

> Se ilusão, por que não se esvai,
> por que se demora em minha retina,
> crina de um corcel que,
> ao sol, exausto, se reclina?

Ultimamente, o rei não mais se interessava pelos números, por examinar os variados esboços, discutir pormenores com os conselheiros. Acabou por dispensá-los de tarefa que não tinha outro efeito senão enfará-lo. Comprazia-se agora em com ele conversar, alongava os encontros, demorava-se entre as palavras, cada ideia saía-lhe incompleta, como se a ele, o outro, coubesse inteirá-la, como se pretendesse o indizível, verdade além de qualquer sílaba, som, o mais imperceptível balbuciar. Mas que verdade? A do tirano sanguinário, dado às conquistas, ao extermínio, à manutenção de horrendas masmorras? E, após, trazer de terras longínquas alguém que pudesse perpetuar-lhe a memória com o erguimento de encantador, inefável monumento?

— É o que pensa? — e o rei sorriu-lhe, encarou-o, a insistir: — Realmente? É o que pensa?

Que responder? Transpassava-o, aquele olhar. Parecia-lhe o de alguém diverso do tirano, da águia, a de olhos de aço. Ao contrário, reversos, os de abominável pintassilgo. E foi com voz de pintassilgo que ele:

— O homem... perdeu o favor dos deuses...

Sim, sim, as crenças, mesmo as mais antigas, diziam isso, mas...

— ...abandonado, caminha adormecido rumo ao cadafalso...

E agora, retomado o olhar aquilino:

— Menos um... menos um... o filho dileto dos deuses... aquele que os salvará.

Então era isso? Ele, o eleito. O monumento louvaria o retorno, o homem de novo no seio do Deus? Não, mil vezes não! Oh, ele o ergueria, sim! Mas não com esse propósito. O homem, sim, aos deuses tinha relegado. Não o contrário. À espera de que também pudesse ser um deles? Sacralização? O homem, enfim, sacralizado? Ah, passos baldados. Tropeços. Nem deus, nem homem. Ser perdido, híbrido, embaçado, estonteado, próximo ao nada. Necessário despertá-lo, sim, fazê-lo não chegar adormecido ao cadafalso. Mas, para isso, ao Deus era preciso odiar. Destruir. O monumento, símbolo desse ódio. Meandros, corredores. Em seu mais fundo interior, o mistério: o Monstro. A ser desvendado, a devorar quem dele... o caminho, o caminho... voltas sem fim, meandros, a dor, a cegueira, podridão, dédalo, dedalus, labirinto.

O caldeirão da bruxa
A organização astral: o centro

As reuniões de doutrinações são coordenadas pelo Presidente Astral e realizadas exclusivamente às quintas-feiras, após o encerramento da reunião de desdobramento. Espíritos da plêiade do Astral Superior manifestam-se doutrinariamente através de médiuns escalados para essa finalidade, com esclarecimentos, comentários e orientações de ordem disciplinar dirigidos aos condutores da Doutrina em plano físico e aos demais militantes.

Auto de fé

Renuncio à Santa Trindade,
Renuncio a Jesus Cristo,
Nego a Deus, o criador da terra e do céu.
Renuncio a todos os deuses.
Proclamo que Lúcifer é o Senhor do mundo.
Proclamo que Lúcifer é o único Deus da Terra.
Proclamo que Lúcifer é meu Mestre.
Renich Tasa Uberaca Biasa Icar Lucifer
Oh, Imperador dos Infernos.
Mestre de todos os Espíritos Rebeldes.
Abra os Portões para que eu possa entrar.
Lúcifer, invoco o Teu nome.
Satan, Leviathan, Belial, Astaroth, Azazel, Baal-Beryth, Beelzebu, Abbadon, Asmodeus, Verrine, Flereous.
Nas vocare tu Lúcifer,
Parcepts es hic rictus.
Salve Lúcifer, Senhor do Mundo.

Gertrudes

Nas noites remansosas do Corcundinha, Brício

se deitava do lado esquerdo de Núbia. Gertrudes do lado direito. Brício ressonava. Gertrudes abraçava-a, fazia-lhe amor, sussurrava-lhe palavras mágicas: Sagaing, Meitktila, Maung-Maung, Pegu. Núbia se via conduzida a praias, mares estrelados, crianças azuis, meninos de falos azuis eriçados, madame Desmond de Chanty e suas sete saias, chalupas, jinriquixás, entardecer, senhores charutados sentados pançudos, chalés, galhinhos de hortelã, limonada gelada, la vie en rose, Collete, chéri, kokain, mademoiselle Blanchard, Legrand, cirmeni, Pitigrilli, Claudine, chien-chien, buriata, Laurie, madeleine, céu da boca azedinho, mandolino, Ich Klatsch habe Das ist nett Schnösel Pass auf Dich auf, Jerusalém sitiada, Kublai Khan, pérolas no fundo do mar, Maabar, Timbuctu, Nefta, Novgorod, Dublin ao entardecer.

Os médiuns

Quatro são as fases do desenvolvimento que o médium atravessa no exercício da sua faculdade. São elas:

— 1ª fase: o médium recebe espíritos do astral inferior;
— 2ª fase: o médium realiza desdobramentos;
— 3ª fase: o médium escreve os nomes dos componentes das correntes fluídicas;
— 4ª fase: o médium recebe espíritos do Astral Superior.

O candidato passa por um período de trabalho de duas semanas no salão no centro que frequenta. Depois de duas semanas (alguns precisam de um pouco mais de tempo), é autorizado pelo Presidente a receber o astral inferior nas reuniões de desdobramento, sem desdobrar-se.

Em seguida, começa a 2ª fase: sua participação nos desdobramentos. De início, o desdobramento pode não ocorrer, apesar de o médium abaixar e levantar o busto da mesa do estrado de acordo com os sinais de bastão do Presidente. Os desdobramentos mediúnicos são trabalhos espirituais de grande importância para a limpeza da atmosfera fluídica da Terra.

Dominado o processo de desdobramento, o médium começa a 3ª fase: a do treinamento para escrever os nomes dos componentes da primeira corrente fluídica. Após algum tempo, passa a compor a escala de médiuns para escrever a segunda corrente fluídica e para a recepção do Astral Superior em reuniões públicas, começando, assim, a 4ª fase.

Diabinhos

Dez da noite. O abade termina o *Deus, in adjutorium meum*. Fecha o breviário, olha pela janela do Desterro, vê uma multidão de diabinhos que em algazarra por ali passa.

Onde vão assim saltitantes,
com tanta ânsia, sofreguidão?
Atrás de alguma alma?
Talvez a de trêfego amante,
ou de alguém que
em surdo momento

lhes entregou o coração?

E o mais horrendo deles, um Davi levando debaixo do sovaco a própria cabeça decepada por Golias:
— Por que lhe dar satisfação?
— Porque tenho uma alma à sua disposição.
Aproximam-se, em algazarra ainda maior:

De quem será?
De quem será?
Do alfaiate, do magarefe?
Da esposa que no marido
adora dar tabefe?
O Abade faz que não com a cabeça.
De quem será?
De quem será?
Da gorda de perna fina
que na banda aos domingos
toca concertina?
O Abade de novo faz que não.
De quem será?
De quem será?
Da filha do sacristão,
que dorme com o padre,
dia sim, o outro não?
O Abade continua negando.
De quem será?
De quem será?
De um rolha de poço,
que sempre boia,
enquanto todo mundo se afoga,
com água do cu ao pescoço?
Mais uma vez nega o Abade.

Os diabinhos se irritam:
Escutaqui, seu padreco de meia tigela:
chega de conversa mole.
Ou você diz logo de quem se trata
ou vá à merda,
vá comer em outra gamela.
O Abade sorri:
É uma alma ímpia,
impiedosa.
Prega um desvio cristão
e ainda fica toda prosa.
Os diabinhos, cada vez mais impacientes:
O nome, se faz favor.
E o Abade, sempre sorrindo:
Clarinda.
Mora no fim dessa rua.
Bem diante da pracinha,
exato onde ela se finda.

Os diabinhos disparam rua abaixo. O Abade cerra a janela, satisfeito. Na sacristia, olha para a imagem da Virgem, dá-lhe uma piscadela cúmplice. Depois, com suspirinhos entrecortados, espreguiça-se, coça os bagos e, passos miudinhos, apaga as luzes, fecha a porta, sai.

Sacudimento mediúnico: regras

O sacudimento é prática disciplinar usada exclusivamente nas reuniões espiritualistas, com a finalidade de despegar de médiuns e esteios os espíritos inferiores — ou, eventualmente, miasmas fluídicos deixados por esses espíritos perturbados — que oferecerem maior resistência às Forças Superiores no encaminhamento deles da rede fluídica para os respectivos mundos de estágio. É igualmente aplicado aos portadores de transtorno psíquico que estejam ocupando as cadeiras F durante uma reunião pública. Obedece às seguintes regras:

1. Presidente e fecho nunca são sacudidos quando no exercício de suas funções;

2. para o sacudimento, o auxiliar de estrado, ou o esteio que assiste ao obsedado posicionado atrás dele, coloca as mãos fechadas em formato de concha na altura dos ombros da pessoa a ser sacudida, aplicando-lhe estremeção rápido, seguido de firme e concentrada irradiação mental, acompanhando a que estiver sendo proferida pelo fecho, mas, atenção: o vigor do sacudimento deve ser adequado à compleição física do sacudido;

3. o esteio posicionado por detrás do obsedado deve sacudi-lo com vigor, não só no início das três primeiras irradiações B da limpeza psíquica, como nas demais, também no início de cada uma delas, mas de forma mais branda;

4. no caso de mãe (ou pai) sentada na cadeira F acompanhada de filho no colo, o sacudimento deve ser aplicado pelo esteio posicionado por detrás, tanto primeiramente na mãe (ou no pai) quanto no filho, logo após; esta sequência deve ser mantida durante a limpeza psíquica a cada irradiação B, e no final da reunião, quando o fecho proferir as três irradiações B;

5. caso não haja auxiliares de estrado presentes, o sacudimento deve ser feito pelos esteios

sentados à mesa mais próxima do fecho; devem ficar atentos ao sinal de duas batidas com a ponta do bastão feito pelo Presidente, para aplicar o sacudimento em algum outro esteio sonolento.

Cria cuervos

A bisca da velha Clarinda mirava os olhos baços da filha, fundos, cansados do gozo. Fundo suspiro sacudiu o peito fornido da velha Clarinda. Sabia ela que com Núbia era às segundas, quartas e sextas. Às terças, quintas, sábados e domingos era ao lado do mocinho marido da filha, Brício Botelho, que Gertrudes se punha.

— Emascular-me. Ela queria. Inimiga dos homens.

— Deuses vencidos. Todos. Inventores do labirinto. Do Minotauro. Nossas lágrimas a cair. Lástima, lástima. Desde tempos imemoriais. Maria estuprada pelo Anjo. Madalena pelo Filho. Pai, Filho, Espírito. Onde a deusa, a de geração divina, a Filha? Maomé e suas treze esposas. Buda pançudinho, viril virgindade. Divina? Lágrimas, garota de clitóris extirpado em busca do deus, perdido nas urzes do deserto. Haréns. Virgens de Salomão. Onde a rainha de Sabá? Ísis, arremedo de monstro. Saudade, nostalgia de ausente falo? Inveja? Dele? Ou tremem os homens de pavor da beleza, do orgasmo da Deusa, da devoradora Ape Regina? D. João Charuto e seus franguinhos. Imberbes. Bons de degustar. Hetairas de peitos caídos a vagar pelos becos de Atenas. Madame Pompadour, bêbada, berra pelos botequins de Montparnasse. Chama pelos filhos bastardos. No Labirinto, um Minotauro afeminado deixa-se morrer por um amor impossível: Teseu, o dos olhos de prata. Medusa de mil olhos a petrificar os varões temerários a ponto de me encarar. Sou. Que mais? *Cria cuervos y te picarán los ojos.*

Ícaro

Na entrada, duas velhas, a fiar arabescos com fios invisíveis. Os chegantes eram contínuos, incessantes. Recebia-os a mais moça. Abria uma porta à direita do salão, no átrio, quase encoberta por pilastras brancas, e com eles desaparecia por escuro corredor. Demorava-se alguns instantes, retornava, refazia seu fiar. A outra se limitava a se voltar para os chegados. Encarava-os com seus olhos cegados, as órbitas vazias fixas, de modo que parecia tudo lhes sugar. Nunca se erguia da cadeira de espaldar baixo, os pés estendidos, apoiados em pequena almofada. Vestiam, as duas, largas e longas batas, idênticas, pretas, dois abutres na semiobscuridade do salão, jamais a se alvoroçar.

Ele só conseguiu divisar de longe a entrada depois que o anãozinho corcunda lhe berrou, antes de desaparecer, que devia seguir para o sul, não para o norte, como estava fazendo.

Aliás, a própria aldeia era também difícil de se ver. Ficava num platô, entre duas elevações, e só de muito perto é que se distinguia seu contorno, as poucas ruas. Não passavam de meia dúzia, assim como poucas eram também as casas, baixas, pintadas em tom neutro, funéreo.

O mar e a nau que o trouxera às suas costas, seguiu pela ruela à frente. Era de terra batida como as outras, e sulcos marcavam a passagem dos que se dirigiam ao templo. Estava deserta como as demais, e assim lhe pareceu toda a aldeia: as casas fechadas, nenhuma vida nelas.

Virou-se, a ponto de ver a enseada e, nela, a nau dar-se à vela. Afastava-se, e demorou o olhar sobre ela. Era um bergantim de dois mastros, gurupés, pano latino. A pintura do casco e do velame, esmaecida, dava-lhe o aspecto de um pato ferido e enlameado prestes a se afogar.

Flashback

A travessia

Mal levantamos ferro e iniciamos a derrota, topamos com tempo proceloso. Parecia que todos os deuses e todos os monstros do céu e das profundezas tinham-se contra nós e contra a nau concertado.

Contra ela terríveis ondas se alevantavam. Batiam-na. E sobre o convés, com tal fúria que em pouco nada restava da carga que ali se amarrara.

A mim me coube perder o pouco que levava, deixado ao pé do pau da bujarrona. Mais de um marujo tinha-se também perdido assim, enquanto os demais, pejados do mais profundo medo, ao Salvador elevavam preces, rogando-lhe livrá-los de tão áspero perigo.

Quatro dias decorreram naquele calvário. No amanhecer do quinto, acalmaram-se as águas, o vento amainou de tal modo que enfunaram-se as velas, a nau retomou a rota.

Os marujos, em azáfama, voltaram a entoar velhas cantorias de velhos lobos do mar. Mas, mesmo assim azafamados, parecia-me que apenas sossegavam sua angústia, como se invisível pitonisa lhes tivesse advertido ser aquela calmaria enganoso prenúncio de ainda maiores males. Como a vítima que cerra os olhos diante da bocarra horrenda do monstro prestes a devorá-la, assim se portavam.

O fervor das orações feitas durante a tormenta era também enganoso, adivinhavam os homens por detrás de cada onda, de cada sopro de viração, a impossibilidade de acreditar em Deus. O perigo banalizava o mal, e também a surdez de uma deidade que jamais os socorria. Vingava a torpe desesperança, disfarçada nos risos, nas canções que eu ouvia.

E a mim? O que me cabia? Coisas cheias de estranheza estavam comigo. Não sabia por que naquela vela me achava e muito menos o propósito — se algum havia — de ali me encontrar.

Ao mesmo tempo, todo aquele mundo me era familiar: a marujada, caras, vozes, trejeitos, esgares. E meu lugar a bordo. E o capitão. E seus gritos de comando, sua aparência de herói de fancaria. Tudo a tal ponto que imaginava estar a viver duas vidas, repartido entre dois mundos. Habitava um passado e antevia um futuro, que também já me pesava como se passado fosse.

Enfim, emparedado num, sem acesso ao outro, vivia das recordações de ambos. Falava como marujo, como marujo caminhava, mas marujo não era. Era, sim, um fantasma a deslizar entre eles. No entanto, tratavam-me como a um igual. Benevolência? Concessão? Mas que espécie de benevolência ou concessão poderiam de fato me devotar? Que mistério haveria naquilo?

Vinham-me também esmaecidas imagens e lembranças de uma velha sacerdotisa a invocar, a lidar com as almas dos vivos e dos já mortos. E do templo no qual esse mister ela e seus seguidores operavam.

Andava agora a nau a navegar por entre nevoeiro tão denso que parecia vagar em meio a imenso casulo de algodão. Assaltou-me então de súbito a ideia de que talvez ao mundo dos vivos eu não mais pertencesse. E o propósito daquela viagem fosse conduzir-me ao portal, entregar-me nos braços de Hades, a fim de que seu mundo passasse a habitar. A nau que me conduzia não vagava por qualquer oceano: cruzava as águas do Estige, para em fúnebre ancoradouro deixar-me. Tinha em seu comando o façanhudo Caronte, a seguir a rota pelas Moiras a todos destinada.

Arrefecido o nevoeiro, na manhã seguinte um marujo, a mando do capitão, veio me comunicar que àquela tarde seria eu deixado em meu destino. Também a mando dele, solicitava-me pagar a viagem. Disse-lhe que nada tinha de meu, pois a tempestade havia levado todos os meus pertences.

Logo depois, a nave, em brusca manobra, lançou ferro. Voltou a mim o marujo. Num pequeno bote, levou-me para terra. Já que não tinha como pagar, seria deixado naquele lugar, disse-me, de novo cumprindo ordens do capitão. Por último, explicou-me ser aquela a ilha do Minotauro. E retornou ao navio.

Vi-me, portanto, naquela terra. Estaria condenado a vagar por ela? Para sempre? Subi a pequena colina, pus-me a olhar a nave que ao longe desaparecia, até que o anão, com certeza imaginando que ao templo me dirigia, dele indicou-me a direção.

Ficava num ligeiro declive, logo após a colina, e de pronto divisei-lhe a fachada. Pareceu-me familiar.

Mas parecia-se a quê? Só quando me aproximei o bastante é que... levei bruta choque. Era idêntica àquela que tinha em minha memória, aquela do templo no qual a velha feiticeira com as almas lidava. A mãe de Núbia, a velha Clarinda. O Centro era o labirinto, o labirinto era o Centro e para ele eu me encaminhava, eu, o bom do moço Brício Botelho, o que, num dia de mar revolto, se perdera num braço de mar nos baixios da Marambaia.

Assim que entrei, uma velha tomou-me pelo braço, fez-me com ela atravessar o átrio, penetrar num salão a um canto do qual outra velha dedicava-se a estranhíssimo mister: fiar um novelo invisível, do qual brotavam arabescos de inebriante beleza.

Detive-me à sua frente. Ergueu para mim os olhos e tomei um susto ao ser encarado por aquelas órbitas vazias, inexplicavelmente refulgentes.

Por fim, ela desviou o rosto, voltou à sua tarefa. A outra pegou-me de novo o braço, voltou-se para a estreita porta, naquela direção quase a me empurrar. Encaminhava-me para o covil do monstro. Então, com gesto rápido, impressentido por ela e pela outra, estendi a mão, roubei o fio invisível.

Deixei-me conduzir, leve sorriso a iluminar-me. Tinha a certeza de que do monstro escaparia. Valer-me--ia aquele novelo, roubado a uma Ariadne cegueta e pelancuda. Ainda assim, Ariadne, a esperança de sobreviver à morte, de permanecer por um momento, Ícaro pairando nas nuvens, na memória dos homens.

Esta obra foi composta em Minion 12/14.
Impressa com miolo em off-set 90g e capa em cartão 250g,
por Createspace/ Amazon

www.ingramcontent.com/pod-product-compliance
Lightning Source LLC
Chambersburg PA
CBHW070755280626
47162CB00016B/861